能小説 —

めくって濡らして

＜新装版＞

北條拓人

竹書房ラブロマン文庫

目次

序章

1

桜の季節とはいえ、静謐《せいひつ》な朝の空気はまだ素肌に冷たい。

島村洋介《しまむらようすけ》は、眠い目をひそめながら、かろうじてお腹《なか》のあたりを覆《おお》う布団を引き寄せようとした。けれど、布団は何かに引っかかり、思い通りにならない。

「ううっ、さぶぅっ……」

両腕で自らの肩を抱くようにして、ようやく自分が裸であると気づいた。

あわてて首を持ち上げ、周囲の様子を探る。

「え、あ、あれ？」

窓から差し込む陽射《ひざ》しに、寝ぼけ眼《まなこ》がようやく慣れると、あたりの風景に見覚えがないことに思い当たった。

しかも、傍らには洋介同様、裸のまま気持ちよさそうに眠っている女体が存在する。

洋介に背を向けて布団を抱きしめているのは、この部屋の主、神田《かんだ》しおりだった。

「ああ、しおりちゃんに布団を独占されているのか……」

やむを得ず洋介は、狭いベッドの中に体を縮ませるようにして、もう一度身を横たえた。

「えーと……どうして、こうなったんだっけ？　あれは、そうか……」

二日酔いの頭を左右に振り、昨夜の出来事を辿《たど》った。

気ままに学生生活を送る洋介は、天性のお調子者と自負している。夜は仲間同士の呑み会や合コンに明け暮れ、昼間は大好きな映画や読書に時間を費《つい》やす毎日。あまりに気ままに過ごしすぎて、めでたく留年が決まっていた。

激怒する両親から仕送りを止められ、もうじきアパートを追い出されそうな気配だ。それでも楽天的な洋介は、「何とかなるさ」と懲《こ》りもせず、昨夜もコンパに出かけたのだ。

そこで知り合ったのが、しおりだった。

同じ大学の同じ学部に所属していた彼女だったが、一期下であったため今まで知りあう機会がなかったらしい。

話をするうちに、価値観が似ている上に、本に対する膨大な知識を持ったしおりと、たちまちのうちに意気投合した。

無類の本好きの洋介は、本に対する思い入れだけは人一倍であり、ここまで書籍トークで盛り上がれる女性がいるとは思ってもいなかった。しかも、それだけではない。彼女は、すこぶるつきの美人なのだ。

すべすべした額に、薄めの細眉。利発そうな二重瞼《まぶた》の大きな目。鼻腔の小さな愛らしい鼻に、口角の持ちあがったアヒル口。ほっそりとした顎に、やや小高い頰《ほお》。どの部位をとっても、アイドル級に可愛らしく、ずっと見とれていたいほど。それでいて彼女が、ユニセックスのような不思議な雰囲気を纏《まと》っているのは、そのショートカットに由来するものだろうか。

その美貌《びぼう》が、終始まっすぐにこちらを見つめてきて、洋介との会話に盛り上がるのだから、舞い上がらない方がおかしい。

それも信じられないことに、彼女の方から、どこか小悪魔を思わせる微笑を浮かべ、殺人的なセリフをのたまったのだ。

「ねえ。ここを抜け出して、私の部屋に来ない……？」

誘われるまま店を抜け出すと、しおりは洋介にまとわりつくように、その腕を絡《から》めてきた。

ほんのりと桜色に染めた頬の色っぽさと、腕に当たるやわらかい乳房にどぎまぎしながら、道も判《わか》らぬまま連れてこられたのが、木造モルタル造りの古めかしい店の前だった。

「え、あれっ、ここって……」

「そうよ。ここが私のうち。やっぱり洋介くん、うちの店知ってた？」

シャッターの締められた入り口の上には、金色に縁《ふち》どられた大きな看板に、やはり金文字で『維新堂《いしんどう》』の屋号が示されている。

てっきりアパートにでも連れていかれると思っていた洋介が驚くのも無理もない。そこは、自分も何度か足を運んだ古書店だったからだ。

「ほら、こっち。見つからないように、静かにね」

腕を引っ張られたのは、店の入り口ではない。裏路地に面した、玄関口だった。

「ねえ。しおりちゃん。本当に大丈夫なの？」

まるで夜這《よば》いでも仕掛けるような展開に、能天気を自負する洋介も尻込みをした。

「あん。ここまで来てなによ。私としたくないの？」

酔っているのか、それが彼女の性格なのか、推《お》し量《はか》ることができない。けれど、これほどの美女から、そんな風に誘惑されて、尻尾を巻いて逃げかえることなどできるはずもなかった。

2

木造の急階段が、足をのせるたびにギーッと悲鳴をあげる。

思いのほか響く音に、家の人が起き出してしまわぬかと気が気でない。けれど、彼女は、酒のせいでハイになっているらしく、洋介の顔を見つめながら目を丸くして笑っている。

ようやく家族の目を盗むようにして、彼女の部屋に入り込むと、その身を投げ出すように、やわらかな女体が腕の中に飛び込んできた。

これだけ酔っているのだから、もっと酒臭いかと思ったら、柑橘《かんきつ》系の甘い良い匂いがするばかりだった。

若い娘らしい華奢《きゃしゃ》な肉体は、見た目よりもずっと肉感的だ。

「洋介く〜ん。ねえ、キスして」

窓から差し込む月明かりに、間近に来た美貌は、どこかまだあどけなさを残しながらも、一種神秘的な美しさに輝いている。いつの間にか、ユニセックスな雰囲気を霧散させ、おんならしいムンとした色気さえ漂《ただよ》わせていた。

「し、しおりちゃん！」

むにゅんとやわらかくも官能的な唇に、自らの同じ器官を押し付ける。

腕の中にすっぽりと納まった彼女の背中を、狂おしく燃え上がった激情そのままにまさぐった。薄手のカーディガンをブラウスに擦《こす》りつけるようにして、背筋の性感帯を刺激していく。

「くふん、うふん、ほふうう」

背筋を撫《な》でさするたび、合わさった唇から可愛らしい吐息が漏れる。

たまらず洋介は手を伸ばし、ミニスカートに包まれたお尻をむぎゅりと鷲摑《わしづか》みした。

胸板には、ゴムまりのような弾力のバストが押し付けられて、ぽわんとした感触を愉《たの》しませてくれている。

「んんっ、ふむん、うふぅううう」

酒気を帯びた吐息は、妖《あや》しいまでに甘くなま暖かい。しかも、丸みを帯びた尻たぶをむにゅんと揉《も》むたびに、口腔に吹き込まれる吐息が、さらに洋介を高ぶらせる。

素晴らしい揉み応《ごた》えのお尻から未練たっぷりに手指を引き剝《は》がすと、薄紅のカーディガンの内側に掌をくぐらせて、白いブラウスの背中部分を握りしめた。

「んっ！」

濃紺のミニスカートにしまいこまれたブラウスを、指先をもぞもぞさせてたくし上げる。

薄衣と背筋の間に十分な空間を確保すると、洋介は手指を滑り込ませた。

「ふむぅ……ほふう、ふううううっ」

積極的な彼女の両腕が、首筋に巻きつけられ、唇の交わり具合がより強くなる。

あえかに開かれた口腔に舌を侵入させる。すぐに薄く愛らしい朱舌が待ちわびていたとばかりに出迎えてくれた。

「ぐふう、ふうはあっ」

洋介は鼻息を荒くさせ、恐ろしく滑《なめ》らかな背筋を撫でまわした。

みずみずしい肌は、果汁が滴《したた》るよう。それでいてハリと弾力が乙女らしく、否《いや》が上《うえ》にも洋介の興奮は高ぶった。

ジーンズの中、堅くさせた一物をしおりの股間に擦りつける。恥ずかしくはあったが、これだけ体が密接していれば、当然彼女にもその勃起《ぼっき》具合を知られているはずで、ならばと開き直り、ぐりぐりと押し付けた。

「んふっ……洋介くん、もうこんななの？」

息継《つ》ぎにわずかに離れた唇が、クスクス笑いを漏らした。

愛らしい美貌がショートカットを揺らしながら小悪魔のように微笑《ほほえ》むと、洋介はむぎゅりと心臓を鷲摑みにされたようで、激しいドキドキがとまらない。

「だって、しおりちゃんが魅力的すぎるから……」

「ふふ、うれしい。ね、ベッドでしよう。洋介くんのこれ、私の中にちょうだい」

白魚《しらうお》のような手指が、洋介の股間を覆《おお》う。瞬時に、びりりとした電流が走り、ジーンズの中で思わず勃起を跳ね上げた。

「すごい。洋介くんって、たくましいのね」

しおりが洋介の手を引くようにして、ベッドサイドまで導いてくれる。

窓辺のベッドは、部屋の中央以上に月明かりに照らし出され、まるでステージのよう。

彼女が腰を降ろすと、洋介はベストを脱いでしおりの前に跪《ひざまず》いた。

ミニスカートから突き出した、愛らしい膝に手をあてて摩《さす》る。

「生足《なまあし》だと思っていたけど、ストッキングを穿《は》いているんだね」

けれど、彼女の温もりを湛《たた》えた滑らかなストッキングの感触は、決して悪いものではない。ストッキングフェチの気持ちが、何となくわかる気さえしてくる。

「だって、女子校生じゃないのだから……あんっ」

美貌が天を仰《あお》ぎ、か細い喘《あえ》ぎを漏らした。

膝小僧からスカートの中へと、指を進めたからだ。

ほっこりした太ももを撫で回し、さらにやわらかい内ももの感触も探る。先ほど味わったお尻とは、また違った触り心地。洋介は、美脚が織《お》りなすM字のはざまに、自らの頭を運んだ。

「きゃあっ！」

さすがに恥ずかしいと見えて、あわてて閉じられる股間。けれど、もうすでに十二分に侵略していた洋介の顔を太ももが挟み込むばかり。むしろ、頬にあたる艶《つや》めいた感触が愉しかった。

「ああん、いきなり、そんなところを……」

前かがみになったしおりに、頭部を抱きかかえられる。けれど、それは邪魔する意図ではない。その証拠に、洋介の頭髪に挿《さ》し込まれた手指が、頭皮を刺激してくる。

「しおりちゃんのここ、ほっこほこだあ。それに甘酸っぱい匂いがするよ」

「いやだあ。そんなところの匂い嗅《か》いだりしないでぇ……」

拒絶するセリフは、その実、語尾が甘えている。エスカレートしていくエッチな行動を、しおりも楽しんでくれているのだ。それではとばかりに、洋介は太ももにあてがっていた手指から、人差し指一本だけを伸ばし、ストッキングの股座《またぐら》部分をやわらかく押した。

「ひうっ！」

洋介の頬をやさしく挟み込んでいる太ももが、びくんと震えた。

（うわあっ、この子、感じやすいんだぁ……）

触れた洋介が驚くほどの反応を見せるしおりの、その甘い呻《うめ》きをもっと聞きたくて、股座から下腹部に向かって指先でなぞり上げた。もちろん、ストッキングとパンツに包まれた女陰を狙ってのことだ。

「うんっ、んんっ、ふあああっ」

途端に漏れ出す愛らしい喘《あえ》ぎに気を良くして、洋介は手指を二本に増やし、さらに圧迫の度合いを強めていく。

込み上げる甘い電流にたまらなくなったのか、ベッドに腰掛けていたしおりの上体が、ボフンと音を立てて背後に倒れ込んだ。

マットの反発で持ち上がる腰部。隙ができた股間に、洋介は直接顔を押し当てた。

「ふあああん、だめえ。ああ、そこ感じちゃうぅ」

かろうじて声が潜《ひそ》められているのは、乙女の嗜《たしな》みなのか、階下で眠る家族を気にしてのものか。

洋介は華奢な腰部を抱きかかえるようにして持ち上げさせ、唇を股間にあてがった。ふがふがと口腔を蠢《うごめ》かせ、薄絹の下のクレヴァスを刺激する。舌腹で何度も舐《な》めあげ、尖らせた唇をぐりぐりと押し当てる。

「んふう、んんっ、ふうんんんんっ」

自らの人差し指を甘嚙みして、朱唇から零《こぼ》れる声を少しでも押しとどめようとするしおり。その可憐《かれん》な様子が、さらに洋介の興奮を誘う。

しおりの方も相当に興奮しているのだろう。その股間から漂う甘酸っぱい臭気が濃厚なフェロモンとなって、若牡の性欲を促《うなが》してくる。

唇を離すと、洋介の涎《よだれ》とあふれ出した愛蜜で、白いパンツに濡れシミが浮いていた。

「これ脱がせるよ」

そう宣言すると、ゴム紐の内側に指先を滑り込ませ、ストッキングとパンツを一気にはぎ取ってしまった。

「あん。恥ずかしい」

肝心な部分を、乱れたミニスカートがかろうじて隠している。それでも夜気に晒《さら》された股間は、頼りなくスースーするらしい。

恥じらいの表情を、しおりは両手で覆った。

洋介はしとやかな乙女らしさに興奮しながら、洋服を手早く脱ぎ捨てた。

「しおりちゃん、上半身も見せてね」

洋介はブラウスのボタンに手を伸ばす。

顔を隠したまま、ぴくりと反応したしおりだったが、大人しく身を任せてくれる。

下から順にボタンを外し終えると、前合わせの薄布を、がばっと大胆に観音開きにした。

月明かりに照らし出されたミルク色の素肌。その神々しいまでの眩《まぶ》しさと美しさ。

溜息混じりに見とれる洋介を、美貌を覆う指の隙間《すきま》からしおりが覗いている。

「もう。恥ずかしいんだから早くしてよ。私のこと抱きたいんでしょう？」

直截《ちょくせつ》な言い方は、恥じらいの裏返し。そのことに気がついた洋介は、ニヤケ顔をしおりのお腹のあたりに近づけた。

愛らしいおへそにチュッと口づけしながら、滑らかなお腹を右手ですすっと掃く。左手は女体の側面に沿わせ、くびれから上へとなぞってやる。

「はうんっ……」

ぴくんと女体が震えたかと思うと、大きな瞳がぎゅっと瞑《つむ》られた。長い睫毛《まつげ》が、小刻みに震えているのが、やけに官能的だった。

3

上半身へと移動させた左手を女体とベッドの隙間にぐいっと挿し込ませる。反対側から右手も挿し込み、しおりを抱き締めるようにして背中を探る。

間近に来た愛らしいアヒル口を唇で覆いながら、彼女の背中でもぞもぞさせる。

純白のブラジャーを外そうと、悪戦苦闘した。

ついに、プツッとホックが外れ、伸びた両脇のゴムが前方へと撓《たわ》んでいく。その力に任せるように両手を背筋から抜くと、ふくらみを覆うブラカップがわずかにずれた。

「あんっ」

ブラをやさしく肩から抜き取り、カップも外してやる。

待望の乳房を拝むことができた洋介は、またしてもその美しさに息を呑んだ。

まろやかなふくらみは、細身の身体でそこだけが前に突き出している。薄紅に色着いた乳暈《にゅううん》の中、小ぶりのブドウくらいの乳首が、つんと上向きに澄ましていた。

「ああん。またなの？　洋介くぅ～ん」

フリーズ状態の洋介を、またしても甘えた呪文で説いてくれる。

「ご、ごめん。しおりちゃんのおっぱい、あまりに眩《まぶ》しすぎて……」

ごくりと唾を飲み込み、乾ききった喉を潤《うるお》わせた。

「こんなにきれいなおっぱい見たことないよ」

親指と人差し指の股の部分に乳肌をこそぎつけ、すべすべふるふるの乳房をやさしく絞り上げる。

掌をすぼめ、潰《つぶ》れていく感触と反発する弾力を確かめながら、滑らかな乳肌に指を食い込ませた。

「ふあ、ああ……んふううっ、ん、んんっ」

やわらかく揉みしだくと、湧き上がる性感がそのまま鼻に抜けたように、しおりは甘い声を聞かせてくれた。相変わらず階下を慮《おもんぱか》ってか、控えめながらも十分以上に官能的な喘ぎ声だ。

「気持ちいい？　しおりちゃん、色っぽい表情しているよ」

眉根を寄せ、鼻腔をわずかに膨《ふく》らませた美貌。ほのかに上気した頬も艶やかだ。

「いいわ。洋介くん。もっと感じさせて……」

細い首を捻《ね》じ曲げ、儚《はかな》げな筋を浮き出させている。洋介はその首筋に唇を寄せ、ぶちゅりと吸い付かせた。

「あうっ！　くふううっ、んんっ！」

きゅきゅっと乳房を揉みあげると、しおりの腕が首筋に巻き付いて、思いがけぬ強い力で抱きしめられた。

鎖骨にむしゃぶりついたまま、その下半身の位置をずらし、しおりの腿《もも》の間に陣取った。

手を乳房から彼女の下半身へと運び、ぐいっとミニスカートをたくし上げる。

「しおりちゃん。良いんだよね？」

堅くさせた亀頭部分で、彼女のクレヴァスをつんつんと突きまわす。鳥がエサをついばむように女陰を刺激しながら、しおりの内奥からあふれ出た愛蜜を、亀頭にまぶしつけた。

挿入するのに必要な行為だが、理性でやっているわけではない。頭に血が昇った状態の洋介は、ほとんど本能のみで行動している。

「私、寂しいのが嫌いなの。だから、洋介くんを感じさせて。ねえ、来てっ！」

しおりの細腰が軽く持ち上がり、挿入するべき位置にペニスを導いてくれた。

もはや、腰を進めるばかりにセッティングされた洋介。腕の力だけで上体を起こすと、ぐぐっと切っ先を突き立てた。

「はうん……ッ！」

ほっそりした頤《おとがい》が、クンと天井に反らされる。

ぬぷッ、くぴぷぷぷ——。

卑猥な水音を立てて、大きく膨れ上がった亀頭部を楚々《そそ》とした印象の陰唇にめり込ませていく。

「くうう、はぐうううううぅっ……」

ずずずっとカリ首で膣襞《ちつひだ》を擦りながら、さらに奥への侵入を求める。

全体に狭隘《きょうあい》なヴァギナは汁にまみれていて、そのおかげで挿入に支障はない。

未発達な感は否めないが、その分瑞々《みずみず》しくもきつきつな女陰だ。もっとも、洋介の方も遊んでいる割に、それほど比較対象が多い訳でもなく、まして若さゆえの自らの暴走を抑《おさ》えるすべも学んでいない。

「しおりちゃん、いいよ！　俺、最高に気持ちいい!!」

肉竿をぐちょぐちょのぬかるみに漬け込み、ヴァギナの複雑な収縮に締め付けられるうちに、早くも見境がなくなってしまいそうだった。

「私もいいっ！　洋介くんの太いおちん×んに、お腹の中を灼《や》かれてるぅ……」

しおりもまた、湧き上がる性感をこらえきれずにいるようで、洋介をヴァギナに収《おさ》めたまま、太ももの付け根をきゅんと締めてくる。

結果、ペニス全体がやわらかい肉襞にくるまれたまま、甘く締めつけられることになり、洋介は目を白黒させて放出を堪《こら》えた。

肉塊全体を埋めきる前に、射精することだけは避けたい。

「し、しおりちゃん。具合よすぎる。そんなに締め付けないでよ」

「だ、だって、洋介くんのおちん×んが大きすぎるから……」

やるせない射精衝動をどうにかやり過ごした洋介は、眼下の美しい乳房を、麓《ふもと》から搾《しぼ》りあげた。むにゅんと揉み潰し、すぐに堅くしこりはじめた乳首を口腔に含む。

歯の先で甘嚙みし、尖らせた唇で吸いつき、舌先でつんつんと舐め転がして、好き勝手にあやしてやる。

「んんっ、ふあああ、んっく、くふううっ」

零れ落ちる啼《な》き声を遮《さえぎ》ろうと、またしても人差し指を噛みしめるしおり。淫声を耐える様子、そして着衣を残しての行為が、まるで彼女を暴力的に犯しているようで、いつになく洋介は加虐心をそそられた。

こよりを結う要領で、乳頭を指の間に甘く擦り潰しながら、もう一方の乳首を口に咥《くわ》え、ちゅっぱちゅっぱ吸いたてる。

「おいしいよ。しおりちゃんのおっぱい。甘い風合いで、美味しい！」

甘酸っぱい匂いと微《かす》かな乳臭さが、洋介の舌先を刺激する。

アイドルばりの美貌が、苦悶にも似た表情を浮かべ右に左に揺れている。

しおりは、もう一時もじっとしていられない様子で、下半身もくねくねとのたうたせている。その度に、ヴァギナは複雑に蠕動《ぜんどう》し、洋介の崩壊を促してくるのだ。

「しおりちゃん。気持ちいい。最高だよ。こんなにいいおま×こはじめてだ！」

心まで蕩《とろ》かして洋介は、うわ言のようにつぶやいた。

「うれしい。しおりも気持ちいいの。ねえ、洋介くん動かしてぇ」

「で、でも、今動かしたら気持ちよすぎて、すぐに射精《で》ちゃうよ」

「いいの。私も欲しいの。だから洋介くん、お願い」

ういういしくも艶やかに求めるしおりに、洋介は大きく一つ頷《うなず》き返した。

「判ったよ。じゃあ、動かすからね」

愛らしい唇をチュッと掠《かす》め取ってから、洋介は自重していた腰を使い始めた。

「え、うそっ！　まだ入ってくるの？　ちょ、ちょっと!!」

しおりは、大きなペニスをすっかり迎え入れたものと勘違いしていたらしい。当然、引き抜く動きに備えていた彼女を、洋介はさらに串刺しにしたのだった。

「くふううっ、ああ、だめ、あ、ああああん」

あからさまなよがり声が、手指と朱唇の間から零《こぼ》れた。その妙《たえ》なる調べにうっとりと聞き惚れ、洋介は裏筋の根元までを埋め込んだ。

「ああん、あたってるぅ。お、お腹の底に届いちゃってるぅ。は、はふううっ」

甘ったるい鼻にかかる艶声が、洋介の獣欲を駆り立てる。

こりこりとした手ごたえの子宮口を切っ先で叩き、たっぷりとしおりを啼かせた後、一気に腰を引いていく。肉エラでヴァギナをしこたま引っ掻《か》き、彼女の愉悦神経を刺激する。もちろん、洋介にも相応の快感が襲いかかり、背筋と言わず、腕と言わず、あちこちの体毛が逆立つほどだった。

「やああ、裏返っちゃうぅっ……。しおりのおま×こ、連れて行かないでぇっ！」

ほとんど泣きじゃくるようにして、しおりは官能を貪《むさぼ》っている。よほど感じやすい体質なのだろう。もう一、二度抽送《ちゅうそう》をくれてやれば絶頂に追いやれそうだ。

ならばとばかりに洋介は、フルフルと震える肉房を両手に収めながら、大きく引いた腰を力強く押し戻した。

ずぶずぶっと埋め戻すと、またしても肉襞が締め付けてくる。キツくて複雑なうねりが、洋介の余命を奪い取っていく。

「うあああっ、だ、ダメだ。本当に射精《で》ちゃいそう！」

「うれしい。ちょうだい。しおりのお腹に、洋介くんのちょうだい！」

小高くなった頬をツヤツヤに染め、しおりがおねだりをしてくれる。

可愛さと妖艶さを同居させた彼女に、洋介は猛然と腰を打ち振りはじめた。

「あん、あん、ああん、いい、気持ちいいっ、もっと、ああもっと激しくぅ！」

若さゆえの暴走は洋介ばかりではない。しおりもまた牝性を露《あら》わに自ら腰をひらめかせて、射精をねだるのだ。

洋介は、しおりの美脚を両脇に抱えこみ、今まで以上に腰を躍動させ、激しい抜き挿しを開始した。

しおりを昇天させると同時に、自らも昇り詰めんがための抽送だった。

内奥からしとどに噴き零れた愛蜜を潤滑油に、パンパンパンと打ち付ける。

「ああ、すごい。すごい激しい。イッちゃう。しおりイクうううううぅっ！」

「俺も、イクっ！　射精《で》るよ。射精《で》るうっ！」

尿道を熱い肉液が遡《さかのぼ》り、頭の中を真っ白にさせていく。しおりの奥深くを占めたまま、種付けの本能がぎゅいんと勃起を跳ね上げさせた。

ぶばばばばっ、どくん、どくどく――。

白濁を放出するそんな音を、洋介は確かに聞いた。迸《ほとばし》る精子がじゅわーっと膣内に広がると、極上の悦楽が二人の身体を焼き尽くした。

「ぐああああっ！」

「ひああああっ!!」

階下で眠る家族のことなど、微塵《みじん》も頭になかった。あるのは、ひたすら快楽のみ。貪りあうように互いを求めあった二人は、抱きしめあったまま眠りについた。


「しおりちゃん、昨夜のことは覚えているかなあ。結構、酔ってたからなあ……」

いつの間にか、しおりは全裸になっている。

スレンダーな女体にまとわりつけていたブラウスやミニスカートは、洋介の洋服と共に床に脱ぎ散らかされていた。

「ああ、そうか。二度目を求めて、途中で寝ちゃったのか……」

くーくーと愛らしい寝息を漏らしているしおり。麗しの鳩胸が、ゆっくりと規則正しく上下している。

「うわああ。しおりちゃんのおっぱい、すっごくエロい」

昨夜、薄暗い中でも美しいと感じられた乳房は、朝日を浴びて艶光りし、神々しいほどだ。それでいて、どこまでも男の欲情に訴えかけてくる。

ただでさえ痛いくらいに朝勃《だ》ちしているペニスが、一段と嵩《かさ》を増した。

「一度、いたした仲だし。いいよね。しおりちゃ～ん！」

寝乱れた肢体にムラムラと催《もよお》してきた洋介は、そのやわらかい乳房を求めて匍匐《ほふく》前進をはじめた。儚いまでに細っそりした肩を掌《てのひら》に収め、もぞもぞと女体に覆いかぶさっていく。

「ううん……何よ、洋介ぇ……」

眩しげに細目を開けた彼女に軽く口づけ、朝勃ちでクレヴァスの位置を探る。

淫裂に切っ先がめり込もうとした瞬間、突然、がらりと襖《ふすま》が開け放たれた。

「しおり、いつまで寝ているの。もう朝……きゃあああああ！」

それが維新堂の女主人、しおりの姉の神田あやねとの最悪の顔合わせだった。

第一章　魅惑の同居

1

（きれいな人だなあ……。しおりちゃんも美人だけど、お姉さんは大人の魅力でいっぱいだぁ）

頬を紅潮させてあやねが怒りまくる姿を見つめながら、洋介は能天気にもそんなことを考えていた。

美人姉妹を交互に見比べ、似ているところやその違いをつぶさに観察している。居間の座卓に座らされた場所が、二人を横から眺めるに最高の位置取りなのだ。

「まったく。あんたって子は何を考えているの？」

しおりを問い詰めているあやねは、真剣に妹を思いやる表情。対して、しおりは悪びれるでもなく姉に対面している。

しおりにすると、何も悪いことなどしていないとの認識なのだろう。

「しおりっ！　ちゃんと聞いてるの？」

まさしく馬耳東風の妹に、あやねの怒りはエスカレートする一方だ。

「聞いてるよぉ。でもさ、私悪いことしてないもん。お姉ちゃんが古いんだよ」

「悪いことをしている自覚もないの？　しおり一人で暮らしている家じゃないんですからね。もう少し、マナーってものを守りなさいよ」

「マナー違反ならお姉ちゃんだって……。いきなり部屋に入ってくる方が悪いよ！」

論点がずれてきている気もするが、洋介に口を挟む余地はない。それ故に、恐縮しながらも美人姉妹に横から見とれているのだ。

おかげで、しおりが言い張っているのは、恥ずかしさの裏返しと気づくことができた。奔放に振る舞っているが、意外に彼女は純なのかもしれない。

「あの、す、すみませんでした。俺、いや僕ぅ……」

いつまでも姉妹喧嘩が続きそうなので、洋介は意を決して口を開いた。

瞬時に、二人の険悪な視線に貫かれる。

「君も、君よ。しおりに案内された時、ここに家族が同居していると判ったはずよ」

「だから、どうして家族がいる家で、エッチしちゃだめなのよ！」

「どうしてって、あんたもう少し乙女の恥じらいってものを持ちなさい」

「なにそれ、古っ！」

「古いってそればかり。私を年寄りあつかいしないでちょうだい」

知的美をふんだんに身にまとったあやねがその理性を失い、感情的になっている姿は、やけに色っぽく見える。怒りに青ざめさせた頰に朱が差して、ただでさえ透明度の高い素肌が桜色に際立《きわだ》っていた。

くっきりとした二重瞼に彩られた大きな瞳が、目力たっぷりに見開かれていると、ややもするとそこに吸い込まれてしまいそう。ぽってりとした朱唇が、わなわなと震えるのも、どことなく官能的だった。

「あのう。僕が悪いんです。しおりちゃんの魅力に負けて。だから、この通りです」

洋介は、平謝りに謝った。自分が頭を下げることで、あやねの怒りが収まるならば、いくらでも謝るつもりだ。

「そうよ。君にも問題はあるわ……」

「はい。お姉さんの仰《おっしゃ》る通りです。僕が軽率でした。反省しています」

「反省すれば済むってものではないわ。だいたい、君は何者なの？」

なおも口調は厳しいが、あやねの言葉には理性の片鱗《へんりん》が戻りつつあった。

「あ、僕ですか、僕は島村洋介といいます。しおりちゃんと同じ大学で……」

そこまで言いかけて、先に詰まった。

よくよく考えてみると、しおりとは昨夜が初対面で、彼氏でもなければ、友達としても怪しい。けれど、そのことを正直に告げると、火に油を注ぐことになりかねない。

それをしおりも察したらしく、その後の言葉は彼女が引きついだ。

「彼ね。ものすごく本のことに詳しいんだぁ。それで意気投合したの。そうだ、お姉ちゃんの機嫌を損《そこ》ねた罰に、洋介に店の本の整理作業を手伝わせようか？」

突然のしおりの提案に、あやねが戸惑いの表情を浮かべた。

「ああ、いいですよ。僕、本のことだけは詳しいですから何でもします」

「確かに男手は、助かるけれど。一日じゃ済まないわよ。倉庫整理もしておきたいから……」

「使って、使って。洋介ならきっと役に立つよ」

「はい。二日でも三日でも使ってください」

調子の良いしおりと洋介にのせられたのか、あやねの表情はいつの間にか穏やかなものになっている。

「じゃあ、お願いしようかしら。ただし彼だけに任せずに、しおりも手伝うこと」

くぎを刺しながらも、まるで女神のような慈愛に満ちた微笑を浮かべるあやねに、洋介はまずいと思いながらもドキドキと心臓を高鳴らせた。

2

店舗兼住居の裏庭に位置する維新堂の書庫は、老舗《しにせ》の古書店らしく大正期に建てられたものらしい。

壁際には所狭しと書棚が並べられ、さらに空いたスペースには洋介の背の高さよりも高い棚がいくつも並んでいる。それには四段ほどの平台がしつらえられ、古文書の類《たぐい》や浮世絵、あるいは昨今の雑誌などが無造作に積まれていた。

「えーと。これは江戸時代の文書？　老舗の古書店って、こんなものまで扱うのか」

薄暗い書庫の中は、すこしカビ臭い。湿気やカビが大敵の蔵書庫だが、個人経営の古本屋では、完璧な空調設備を設置することは難しい。必然的に、虫干しや大掃除が必須だ。

「私、このカビの匂いが苦手なの。あとはよろしくね」

洋介と共に倉庫整理を仰《おお》せつかったはずのしおりは、早々に逃げ出している。

内心、彼女との楽しい作業を期待していただけにがっかりだ。だからと言って、洋介まで逃げ出すわけにもいかない。

いい加減なところのある洋介だが、しおりのたった一言が、やる気にさせていた。

「チャンスがあったら、お姉ちゃんを押し倒しても良いからね」

賢いしおりだから、洋介が逃げぬよう予防線を張ったのかもしれない。それでも、その効果は絶大で、それには少しでもあやねに良いところを見せたいと張り切ってしまうのだ。

「枕絵まである。しかも、これ、結構な数があるぞ……」

ぶつぶつと独り言をつぶやきながら、興味津々《しんしん》に枕絵の一つを手に取る。

デフォルメされた巨大なイチモツが、街娘らしい女性の女陰に今にも押し込められそうな瞬間が描かれている。

「うわあああ。おんなの人のあそこ、生々しいなあ。無修正だもんなあ……」

男の手指が二本、蜜壺の中を掻きまわしていた。

「何々？　初手はくぢるなり……。へえ、江戸時代は、いきなりおま×こに指を挿入《い》れるところから始めていたんだぁ。和服だし、パンツもないからだなあ……」

洋介が手にした枕絵は、どうやら江戸時代のセックス指南書らしく、まずはヴァギナに指を挿し入れ、「くぢる」つまり蜜壺を掻きまわせとあるのだ。

他の絵では、キスをしながらクリトリスをいじりまわし、交りあう、「三所《みところ》攻め」なる責め技を解説している。肉芽ではなく乳首を弄《もてあそ》んでいる絵図もあった。

「そうかあ。こうやって責めることで、男女一緒にアクメに達することができるんだ。それが男女和合の道なりか……。うわ、すっげえ、クンニまでしてるよ！」

枕絵に触発された洋介は、しおりとの睦《むつ》みごとを脳裏に浮かべようと試みた。学んだことをシミュレーションしたいのだ。けれど、頭に浮かんだのは、あやねの肢体だった。

理知的で身持ちの堅そうなあやねだったが、その肉体は見た目にも熟れている。身だしなみに気を使った隙のない姿は、いかにも理知的なオーラを纏っている。それでいて肉付きが豊かで、いわゆる男好きのする身体なのだ。Eカップはあろうかと思われる胸元などは、真横から見るとボンとド迫力に前に突き出していた。

今朝などは、薄紅のチュニックのV字の襟ぐりから、ちらりとその内側を覗かせて悩ましいことこの上ない。

（ああ、あのおっぱい……。あんな凄《すご》い谷間に顔を埋めてみたい……）

魅力的なふくらみを想像しただけで、その甘い匂いが香るような気がして、だらしなく顔を緩《ゆる》ませた。

「まあ、やっぱり、しおりったら逃げ出したのね！」

いつの間にか書庫の入り口に、本物のあやねが立っていた。作業の様子を見に来たらしい。

お茶を載せたお盆を手にしている。

「洋介さん、休憩して。お茶を淹《い》れたから……」

目の前の脚立をちょうどよい台代わりに、お盆を置いて、あやねが手招きしてくれた。

マッシブな胸元がたったそれだけの動きで、ゆさゆさと揺れている。

今さっきまで脳裏に浮かべていた雑念を追い払い、手にしていた枕絵をさりげなく書棚に置いて、洋介はあやねの方へと歩み寄った。

「ありがとうございます。しおりちゃんなら講義があるとかで行っちゃいましたよ」

しおりのことを咄嗟《とっさ》に言い繕《つくろ》ったが、あやねは微笑を浮かべつつも首を振った。

「しおりを庇《かば》ってくれるのね」

あわてて首を振りながら「嘘ではない」と、さらに言おうとして、ふと今日が日曜であることに気がついた。

「うふふ。洋介さんって、やさしい」

開きかけた口を閉じられずにいる洋介に、あやねがなおも微笑んでくれる。

「それにしても、しおりの奴め。帰ったらとっちめてやらなくちゃ」

おどけて見せるあやねに、今度は洋介があいまいに微笑みかけた。

「ほんと、困った子。自由奔放を絵に描いたようで。でも、悪い子じゃないのよ。両親を亡くしてから人一倍の寂しがり屋がよけいにひどくなって……」

しおりが中学生の時に、事故で両親を亡くしたこと。以来、あやねが店を切り盛りしてきたこと。あやねとしおりの間には、もう一人姉妹がいて、今は結婚をして家を出ていることなどを一人語りに話してくれた。

洋介は、よく他人から聞き上手だと褒《ほ》められる。無意識のうちに、頷き返したり、合いの手を入れたりするタイミングが絶妙であるらしい。

自分から尋ねないうちに、ほとんどの人が自らのことを語ってくれるのだ。

（それにしても、あやねさんって、三十三歳なんだあ。どう見ても二十代だよなあ……）

そんなことを思いながら、相槌《あいづち》だけは打つのを忘れない。

「しおりが独立するまでは、私は結婚もできやしない。うふふ、もっともその当てがあるわけじゃないのだけど……」

話を聞くうちに、彼女の気苦労やおんなとしての寂しさをかいま見た気がした。

色々な不安や鬱屈《うっくつ》がたまっていたのか、ついには店の経営がイマイチであることまで聞かせてくれた。もっとも、この件に関しては、しおりからも聞かされている。維新堂は、学生街に欠かせない古書店として重宝されていたが、昨今の大型古本屋の進出に押され、経営状態は好ましくないらしい。

「売り上げが落ちていることもあって、お姉ちゃん、少し無理してるみたい……」

明るい性格のしおりも、そう話した時だけは、陰りのある表情を見せていた。

(俺、この姉妹の力になりたい！)

しおりのような、ピチピチのギャルが洋介の好みだったが、あやねのような美しい熟女ももちろん大好物なのだ。

しかも、憂いを秘めたあやねの横顔はどこまでも魅力的で、何か自分にできることがあればと力みかえるのも無理はなかった。

「あの、俺、できることは何でもしますから。あやねさんのためなら、なんだってしちゃいます。売上だって俺が何とか……」

思い込んだら猪突猛進の洋介は、前後の見境なくあやねの手を取り、そう勢い込んだ。

「うふふ、洋介さんったら。うれしいわ。ありがとう」

突然、手を握られて戸惑いの表情を浮かべているが、そこは大人の女性らしい対応をしてくれる。そんなところも、洋介好みと言えた。

たおやかな手指が逃げ出さないのを良いことに、その感触を思うさま堪能した。しっとりすべすべしていて、やわらかくって、餅菓子のような肌触りだった。

「チャンスがあったら、お姉ちゃんを押し倒して！」

意味深にしおりが言い残したセリフが、頭の中でリフレインする。

実際、あやねは、今すぐにでもふるい付きたいほど、ボン、キュッ、ボンのナイスボディに熟れきっている。

「本当にありがとう。でもね、そう簡単に売上が上向くわけもないわ。地道にやるしかないのよ」

やさしい風合いの手指が、さりげなさを装って引き取られていく。洋介はその手に未練を残しながらも、引き留めようとはしなかった。

「あの、差し出がましいようですけど、どうしてこれを売らないんです？　こういった本って、古本屋さんでは結構な売上を占めるんじゃないですか？」

能天気な洋介であっても、口から出まかせに売上を向上させると言った訳ではない。書庫の奥でほこりを被《かぶ》っていた成人向けの雑誌や小説に目をつけていたのだ。

「この枕絵の品数だって……。俺、あまり浮世絵の方は詳しくありませんが、結構いいものが揃《そろ》っているんでしょう？」

「うん、まあ……。父は浮世絵全般に詳しい人で、健在の頃には、そういったものも店頭に並べていたけど、なんていうか私は、あまり好きじゃなくって」

うっすらと頬を赤らめ、すっと伏せられた目線に、あやねの貞操観念が見て取れた。

(うわあああ、あやねさんって、乙女ぇ……。潔癖なくらい純情なんだあ……。でも、まさかバージンってことはないよな)

もじもじと落ち着かなくなったあやねがあまりに好ましく、洋介は思わずニンマリしてしまう。

妖艶な腰にぴっちりと張りついたスリムジーンズが、くなくなと揺れている。

「この際、好き嫌いなんて言ってる場合じゃありません。売れるものは何でも売らないと！」

もしかすると、しおりが意味深なセリフを残していったのは、成人コーナーを設置するように、堅物のあやねを説得しろとの謎かけであったのかもしれない。

「でも、ほら、そういう本は、悪者扱いされているし、条例とかもうるさくなっているでしょう」

「そりゃあまあ、一部では世間の風当たりも強いようですが、でも、エッチなことへの興味って健全なことですよ。それをタブー視することの方が不健全で、むしろそういうことを隠そうとするから猥褻《わいせつ》化するんじゃないですか？」

洋介は棚に手を伸ばし、先ほどの枕絵を広げて見せた。

「確かに、奔放すぎる表現かもしれません。でも、これって芸術です。ほら、この写真集の女性だってこんなに美しい。あるがままの姿を映して、なぜ不健全なんです？」

力説する洋介に気圧《けお》されるように、あやねは枕絵の様々な男女の営みから目を離せずにいる。

その細い肩に寄り添い頁を繰っていた洋介は、ほんのりと赤く染まった首筋に目を留め、めまいを感じた。息もできないほどの濃厚な色香が、立ち昇っているのだ。

「あ、あやねさん！」

無意識のうちに、洋介はあやねを抱きしめていた。

3

「あ……っ！」

か細い悲鳴をあやねが漏らしたことで、ようやく洋介は自分がしでかしたことに気がついた。けれど、気がついてなお、抱きしめた腕を緩めることができずにいる。

抱きしめられているあやねの方は、なぜか身じろぎもしない。

驚いているだけなのか、身を固くしているものの、とにかくあやねは洋介の腕の中でただじっとしている。

肉感的な女体は、けれどいざ抱きしめてみると骨がないかのようにふわふわとやわらかい。まるで、雲を抱きしめているかのようだった。フローラル系の香水と、石鹸の匂いが彼女特有の体臭と入り混じり、甘く切なく洋介の鼻腔をくすぐる。

人肌の温もりと微かな息遣い、美女オーラに満ち溢《あふ》れた存在感が、怒濤《どとう》のように洋介を発情させている。

「よ、洋介さん。困るわこんなこと。君は、しおりの彼氏なんでしょう？」

年若い牡獣を刺激しないようにとの配慮か、やさしい声が耳元で囁かれる。けれど、その声の響きにも、どこかしらおんなの媚《こび》が感じられる気がする。

「それに、お互いのことを良く知らないうちにだなんて、ふしだらよ」

「その古風な考え方を今は忘れてください。そうすれば知らない世界が広がりますよ。不健全とか、ふしだらだとか、そんなものでは測れない眩《まばゆ》い世界が……」

頑《かたく》ななあやねの心を溶かしたくて、さらに洋介は腕に力を込めた。

「あん、そんなに強く。いけないわ。そんなに強くされたら身体が火照《ほて》ってきちゃう」

ぽってりとした官能的な唇から思いがけない言葉が飛び出した。

「もうこの手を放したくありません。あやねさんが魅力的すぎて、頭の中が変になりました。どう思われてもいいです！」

情熱的な求めにほだされたのか、心なしか女体から力が抜けた気がする。

「ああ、男の人に抱きしめられるの久しぶり。めまいがするほど心地いいわ。それに洋介さんの腕の中って、とっても安心できるのね」

女主人として老舗古書店を切り盛りするあやねとて、やはり一人のおんななのだ。おんなだからこそ、ときめくような恋に憧れ、愛されたい願望もあるだろう。もちろん、おんなの幸せも願っているに違いない。だからこそ、図《はか》らずもいきなり抱きしめられ、男の力強さを思い出すにいたり、隠していた願望がこぼれ落ちるのだ。

古書店を細々とやっていこうにも、先の展望が見えない不安もあるはずだ。

「ほらあ、洋介さんに寂しさを埋めて欲しくなってしまうじゃない。こんなおばさんに悪い悪戯を……はむむうう……」

あふれ出す本音を大人の対応で隠そうとする朱唇を、洋介は自らの口腔で塞いだ。

「んんっ、はむううう、ん、んんんんっ」

唇の熟れきった甘さに驚きつつ、ねっとりとその感触を味わい続ける。

一瞬見開かれたあやねの瞳が、うっとりと閉じられていく。ここぞとばかりに、朱唇の間に舌先を運ぶと、ためらいがちに開かれ、薄い舌が出迎えてくれた。

あやねの背中に回した腕は、絶えずその背筋を撫で回している。

「ほうう、はむん、ちゅぴちゅ、むふん、はふあああ」

膨らんだ小鼻から漏れる息が、ひどく艶《なまめ》かしい。

生暖かい口腔の中、歯の裏側や歯茎を刺激し、舌と舌を擦らせて、彼女の官能を呼び覚ましていく。

息継ぎにようやく唇を離れると、透明な唾液が、つーっと銀の糸を引いた。

「ほふう……っ。こんなに激しい口づけ、いつ以来かしら……。もしかしたら、初めてかも」

熟女の蕩けた表情が、なんとも色っぽい。たまらず洋介は、再びその唇を求める。互いの唾液を交換しあい、温もりを感じあい、存在を分かちあう。

「ああ、素敵。キスって、抱きしめられるって、こんなに素敵だったのね。どうしよう、私、洋介さんに身を任せたくなっちゃったわ……」

瞼までほんのり赤く染め、ついにあやねが本音を吐いた。

「本当ですか？　そんなこと言ったら、俺、本気であやねさんを求めちゃいますよ」

「求めてくれるの？　脱がせたらおばさんで、がっかりしちゃうかもよ」

「がっかりするはず、ありません。だって俺、こんなにあやねさんのこと求めてる。俺、あやねさんとエッチしたいです！」

洋介は己の昂《たか》ぶりを伝えたいと、自らの股間にあやねの手を導いた。

「ほら、あやねさんが欲しくて、もうこんななんです」

「まあ、本当に……。私に反応して、こんなななのね。辛そうで可哀そうなくらい」

恥ずかしげに、長い睫毛がすっと伏せられたものの、股間にあてられた手指は逃れようとしない。否、むしろ愛しげに、強張《こわば》ったズボンの上をさすってくれている。

もどかしいくらいおずおずとしたその感じが、いかにも貞操観念の強いあやねらしくて、洋介の発情はいや増した。

「あやねさんのおっぱい触らせてくださいね」

薄紅のチュニックに白いエプロン姿のあやね。万事古風で、おくゆかしい風情の彼女にあって、そこだけがらしくないほどボリュームたっぷりな乳房を、洋介は、その側面から寄せ集めるようにむんずと捕まえた。

「あ、ああ……。はう、はふううう……」

零れ落ちる悦びの声は、手弱女《たおやめ》らしく控えめなもの。それでも十分に、艶めかしい。大きな洋介の掌にもあまる肉房を、側面から頂点に向かってゆっくりとしごく。さらには、下方から持ち上げるようにして揉みしだき、その重さを実感した。

みっしりと熟脂肪が詰まった乳房は、ほっこりぷるんと、洋服の上からでも洋介の掌性感を悦ばせてくれる。

「はふうう、あ、あん……。本当はいけないのよ。こんなこと。妹の彼氏とだなんて……ああ、でも、私ったら、どうしちゃったのかしら、私も洋介さんが欲しくってたまらない」

貞淑なあやねだから、妹と関係を持った男性とそうなることに躊躇《ためら》いがあるはずだ。それでも直線的に求愛する洋介を拒絶できずにいる。しかも、一度心が溶けだすと肉体までもが蕩けてしまうらしく、太ももの付け根を擦り合わせてもじもじさせていた。

熟女とは、なんと淫《みだ》らで可愛い存在なのか。

「あ、だめっ、今そこ触られたら私……」

洋介がその手を彼女の下腹部に運ぶと、いかにも恥ずかしそうに顔を背けた。けれど、決してその手を妨げようとはしない。

「あやねさんだって、俺のち×ぽから手を離さないじゃないですか」

そう指摘されても頑なにあやねの手指は、洋介の股間から離れようとしない。デニム生地を通して伝わる灼熱に、その手が溶接されたかのようだ。

「あやねさんの腰のくびれ、すごく深い。とっても女性らしいフォルムなんですね」

腹部からくびれのあたりを摩り、ボンと肉感的な臀部へとたどり着く。そこからゆっくりと手指を前方へと移動させ、垂れ下がったエプロンも潜り抜けた。

「あっ……」

あやねのスリムジーンズのファスナーを、ゆっくりと引き下げた。ジジジジーッとファスナーの音が、やけにエロティックに聞こえる。

「ここでなの？　私、シャワーも浴びていないのに……」

困惑と恥じらいの入り混じった表情で洋介を窺《うかが》うあやね。それでいて、大きな瞳はキラキラと星の欠片《かけら》をきらめかせながらじっとりと潤んでいる。

「どこでだって気持ちよくなれますよ。むしろ、こういう場所の方が、俺は燃えます」

その言葉通り、書庫というおおよそ性愛には不適切な場所に、かえって興奮はいや増している。

洋介は、ぱっくりと空いたスリムジーンズの窓に、そっと手指をくぐらせた。

「あ、あああん……」

肉感的な女体が、ぶるっと震える。しおり同様、あやねも感じやすい体質らしい。ほこほこの温もりの下腹部からは、心なしか湿度も感じられた。

「ああ、どうしよう。私、濡れているでしょう？　ドキドキしたせいか、ジュンって濡れてるの」

コットン素材の薄布の下、シャリシャリとした手触りは陰毛だ。細い毛質が密に恥丘を飾っている。さらに手指を潜り込ませると、湿度が濃厚になり、指先にも粘液らしきものを感じた。

「本当だ。あやねさんが濡れてる。俺に愛撫されて、感じていたんですね」

クロッチ部に指先で円を描けば、濃厚な牝香が弾《はじ》けこぼれる。

「ほううぅっ、ああ、だめよ、っく、ふぬうぅ……っ！」

さらに粘液の染み出した縦筋をなぞる。

豊満な女体が洋介にしなだれかかり、びくびくんと震えた。

洋介の胸板に美貌を擦りつけ、漏れる喘ぎを押しとどめようとしている。

「うわああ、すごい。あやねさん色っぽすぎです。ちょっと触っただけなのに！」

「だ、だめなの。私、久しぶりだから、敏感になり過ぎているのかも……」

わずかな愛撫でも、これほどの反応を示すあやねに、年若い洋介が夢中にならぬはずがない。

知的なオーラを身にまとい、清楚だったあやねの姿と、今の痴態とのギャップに、洋介の淫らな欲望がさらに膨れ上がった。

「もしかしたら、指先でこうされているだけで、イッちゃえます？」

言いながら指先で再び濡れシミのあたりをなぞっていく。しかも、今度は先ほどよりも圧迫の度合いを強め、薄布をメコ筋に食い込ませるように中指を進めた。

「ほうぅっ、ん、んんんっ、あうん、うううっ。洋介さんの意地悪ぅっ。本当に恥をかいてしまいそう……」

びくびくびくんという女体震度は、先ほどよりも大きなものとなっている。

股間を襲う洋介の手にすがりついて、いかにも恥ずかしそうに美貌を伏せるあやね。シニョンに髪を束ねているので、薄紅に色づいたうなじや首筋から、濃厚なフェロモンを漂わせている。

「これ、全部脱がせてもいいですよね？」

手指の可動域を広げるために、スリムジーンズを脱がせたい。その悩ましい肢体を目に焼き付けたい欲求もある。それでも、すぐに脱がせようとはせずに、あえて、その許可をあやねに求めたのは、彼女の羞恥を煽《あお》るとともに、二人の関係を後戻りできぬよう決定づけたい意図があった。

相手が生真面目なあやねだからこそ、多少まだるっこしくても、お互いの位置を確認しながら洋介はことを進めている。

「これを脱がせると私たち後戻りできなくなるわよ。それで良いのよね？」

じっとりと潤んだ瞳が、それでもまっすぐに洋介の瞳を見つめてくる。あられもなく乱れていても、賢いあやねにもその意図が伝わったらしい。

「もちろん。あやねさんとそういう関係になれるの、うれしいです」

「私も……。私も洋介さんに抱かれるの、うれしい」

わずかな時間に、あやねの美しさが増した気がする。おんなとしての歓《よろこ》びを思い出し、内面から光り輝いているのだ。

　寄り添わせた女体が、少しばかり背伸びして、彼女の方からチュッと口づけをしてくれた。

4

　スリムジーンズを脱いだあやねの生足は、溜息が出るほど美しく、逆に息がつまるほどのエロチシズムを湛《たた》えていた。

「ああん、恥ずかしいわ。そんなに見ないでぇ……」

　薄紅のチュニックの裾を必死で伸ばし、ひらめくエプロンを必死で抑えて、腰をクネクネさせるあやね。それもそのはず、淡い水色のパンツも脱がされてしまったため、心細いわ恥ずかしいわで、じっとしていられないらしい。

「見ないでもなにも、これからじっくり気持ちよくしてあげるのですから、そんなふうに隠しても意味ありませんよ」

　言っている洋介も、既に全裸になっているため、スースーする股間がやはり気にならぬでもない。春の陽気のおかげで寒くはないが、恥じらいは伝染するらしい。

「ほらあ、あやねさん。もっとこっちに来て。そこに立ってください」

照れ隠しにちょっと命令口調を混ぜる。あやねは色っぽく頬を紅潮させながらも、その指図通りにしてくれる。

「棚に後ろ手を突いて、腰を前に突き出して！」

「そんな恰好《かっこう》をさせるの？　あやねを恥ずかしい目に遭わせたいのね……」

恥ずかしがり屋のあやねが意を決したように、洋介の求め通りの姿勢を取った。

棚の平台に後ろ手に両手をつき、美脚を逆Vの字に伸ばして、腰を浮かせるのだ。

洋介は、その美脚の間ににじり寄ると、床にどっかりと腰を降ろしてから、視界を遮る邪魔なエプロンをまくった。

「あっ……」

露わになったのは、剝《む》き玉子のようなつるんとした肢体。恥丘のみが、薄めに生えた漆黒の陰毛に覆われている。

美の女神の祝福を受けた素晴らしい女体に、洋介の目は釘づけだった。

「そんなにじっと見ないで。そこは一番恥ずかしいところなのよ」

「どうして恥ずかしがるんです？　あやねさんのおま×こ、すっごくきれいなのに。あの枕絵と同じで、確かに卑猥だけど芸術的に美しいですよ」

ぎらついた目で見据えた先には、楚々とした女陰があった。薄い肉ビラが上品に縁取り、怯《おび》えるようにひくひくとそよいでいる。

その中心のクレヴァスは、あえかに帳《とばり》を開き、内部のピンクの充血したような肌が丸見えだった。

「ああ、やっぱり恥ずかしぃ……」

ヴァギナの延長線上には、何をされるのかと様子を窺う大きな瞳があった。洋介の眼差しと出会った途端、慌てたように瞼が閉じられる。ふるふると長い睫毛を震わせる様子は、生娘《きむすめ》のようだ。

「そんなに恥ずかしがってばかりじゃ、愛撫に耐えられませんよ」

ゆっくりとその股間へ手を伸ばすと、やさしく草むらをくしけずる。

ぴくんと太ももが震えた。熟女でありながら初心《うぶ》な反応が、洋介の激情を揺さぶる。

繊細な漆黒の陰毛は、しっとりと露《つゆ》を含み濡れていた。

「ひうっ、ん、んんっ……」

ふっくらした肉土手から手指の位置を下げていくと、見た目以上ににゅるりとした感触に辿りついた。恥裂は、すでに十分以上に潤っているのだ。

「すごい、あやねさんのおま×こ、こんなにやわらかいんですね？」

「ああ、っくふぅ……ん、あ、ああん……ふぅんっ、んっく……」

古風なあやねだけに、漏れ出す喘ぎは相変わらず控えめなものだ。柳眉《りゅうび》を八の字に寄せ、下唇を噛みしめる様子は、苦悶に耐えているように映る。けれど、その艶声と表情は、明らかに官能的で悩ましい。

「あやねさん感じますか？　もっと淫らに感じてください！」

乾いた喉から声を絞り出し、クレヴァスの左右を飾るピンクの肉花びらに指先を進めた。フルフルと頼りなくそよぐ媚肉の表面に、指の腹で八の字を描き、さらには表面の細かい皺《しわ》を辿るようにあやしてやる。

「んんっ……くふっ、はっく……ふむう、ひうう……んぐぐくふぅ……」

次々に喉奥から漏れだす艶声を厭《いと》うように、細首が儚く左右に振られる。噛みしめていた唇が時折ほつれ、妙《たえ》なる淫声を聞かせてくれる。うっとりするほどの反応に、洋介は股間に彷徨《さまよ》わせていた手指を、恥裂の中心に突きたてた。

「ああん、いや……指、入れないで……」

蕩けるやわらかさに、指が絡め取られ、ぐいぐいと奥へと呑みこまれていく。

「すごい。あやねさんが、俺の指を呑みこんでいきます」

あっけにとられるような洋介の言葉に、泣き出しそうな表情で、またしてもあやねが首を振った。

「いやよ、そんなこと言っちゃいやっ」

己のふしだらさに狼狽《ろうばい》したようなあやね。けれど、裏腹に、その肉体は確実に歓んでいる。膣襞が別の生き物のように蠢き、洋介の手指を奥へと引きずり込む。子宮が降りてきて、出迎えてさえくれるのだ。

「あやねさんの膣中、熱いです……。熱くて蠢いていますよ……」

熱く滾《たぎ》るヴァギナに、風を送るように右手中指を抽送しはじめる。左手は、肉付きの良い臀部を支えて揉み回す。感覚の鈍いはずの尻肉だが、力を込めて揉んでやると、あやねは艶腰をくねらせる。

「ふあぁぅ……あはあ、ああん……はおおお、どうしよう……気持ちいい！」

ついに朱唇が、あからさまな喜悦を吹きこぼした。嚙み縛っていた歯列をほつれさせ、歓びの喘ぎを響かせる。

「なんて色っぽい声！　魂を鷲掴みにされたような気持ちになります」

「ああん、言わないでぇ……でも、もう我慢できないの……。いいの、気持ち良すぎちゃうの！　ああ、あやね、おかしくなるぅ……」

自らの淫らさを思い知ったのか、三度《みたび》あやねは首を振った。

もはや、熟れた女体は素直だ。洋介が指を二本に増やし、肉壺を抉《えぐ》ると、艶やかな女体がぐぐぐっと大きく弧を描き、ふしだらな腰つきで揺らめくのだ。

「今度はお股を舐めましょうね。エッチなエキスをいっぱい味わわせてください」

「いやな洋介さん……。ああ、でも、いいわ。あやねのあそこ舐めてぇ」

小さく頷くあやねの両脚を、さらにぐいと大股に広げさせ、めいっぱい舌を伸ばして、顔を近づけた。

濃厚なフェロモンが漂い、洋介を一段とやるせない気持ちにさせた。

「はうっ！　あ、ああっ……本当にお口でされてるぅ……。ほおおおっ……あ、頭の中……真っ白になって……何も……考えられなくなっちゃうぅ……」

舌先をべったりと女陰に張り付け、音を立てながら下から上へとこそぎつける。さらには、花びらの一枚を唇に咥え、舌先で洗う。繊細なしわ模様の一つひとつを味わいつくし、入り口全体を舐めあげた。

「ちゅちゅっ、れろれろ、あやねさんの花びら、とても甘くておいしいです……ちゅぶちゅちゅちゅっ……」

開いた脚の内腿に手をやり、花びらを丁寧にしゃぶる。緩んだ花弁を舌で割り、入口付近の膣粘膜をねっとり上下に舐め回す。

「あっ……そんな……いやらしい舐め方……そんなに……舐め……あぁっ」

腰をくねらせ、あやねは逃れようとしている。けれど、かえってそれが色々な場所を刺激される結果となり、そのたびに淫声をあげている。

「あううっ、ああ、すごいっ……。舐められるのって、こんなに気持ちいいのね……。私、初めてだから……あっ、あああっ」

潔癖なまでに貞淑なあやねだから、これまでの男にはクンニを赦《ゆる》してこなかったらしい。

「うれしいです。こんな美味しいおま×こを味わうの、俺が初めてだなんて！」

ツンとしこった女芯をぞろりぞろりと掃きあげると、ぐいっと腰が反らされる。そのまま腰を押し付けるように揺らしてさえくる。貞女の仮面をかなぐり捨て、洋介が与える愉悦に溺《おぼ》れているのだ。

「ふごい！　はむはむはむ……生臭い塩辛さなのに、おま×こ甘い……！」

陰唇全体を口に捉《とら》えもぐもぐさせると、艶やかな腰つきが激しくくねまわる。

堅く窄《すぼ》めた舌を目いっぱいに伸ばし、ゆっくりとヴァギナに沈めていく。唇が花びらに密着すると、肉襞の一つひとつを刺激するように胎内でそよがせた。

「ひうっ……舌、挿入《い》れられたの？　ああ、お腹の中まで舐められてるのねっ！」

胎内の熱さに、舌と膣の粘膜同士が融合してしまいそうに感じられた。

「ほおおおっ、あああ、感じるっ……。どうしよう、本当に恥をかいてしまいそう」

ぶるぶると太ももが震えだし、しきりに洋介の頰にあたっている。

湧きあがる快感に、あやねの足の裏が拳を握るように丸まった。次々に襲いかかる喜悦をやり過ごそうとして、ふくらはぎをググッと充実させている。

「イキそうですか？　ぐちゅるるっ……いつでも、イッていいですよっ」

けれど、あやねにとってアクメを迎えることは、よほど恥ずかしいことらしく、必死でこらえようとしている。そんな彼女を尻目に、洋介は女陰から離れようとしない。

それはクンニというよりも、貪っていると言った方が正しい激しさで、ついにはクレヴァス全体を唇で覆い、思い切り吸いつけるのだ。

「ひうんっ、おおお、おおんっ……だめよ、そんな、吸っちゃ……あっ、ああんっ」

双臀をくねらせ、腹部を荒く上下させ、押し寄せる快感を一つずつ乗り越えるあやね。ほとんど涙目になって、必死でこらえる女店主は、凄絶なまでに色っぽい。

「くふううう、ああ、許して……来ちゃいそう……っくぅ……」

危うく呑まれそうになったのか、膝が内側に絞り込まれ、次には仰向いた蛙のように、ガニ股気味に外へと開かれる。

「あやねさんっ、ぶちゅるるるっ……あやね……っ！」

妖しく上下する細腰を両腕で支え、頬を真っ赤にさせて、あやねの一番敏感な肉芽に食らいついた。

「あ、あああぁっ……だめえぇっ……そこは、だめっ、もう耐えられないぃっ!!」

凄まじいまでの快感に襲われたのだろう。細腰が、がくがくと泳いだ。否。実際には、太ももを抱え込んでいるため微塵も動いていない。けれど、びくんびくんとあちこちの筋肉が痙攣《けいれん》しているため、腰が振られているように感じられた。

「もう限界よ……。お願いっ、もうイカせてっ！　あやねに恥をかかせてぇっ!!」

張り詰めていたものが崩落するように、あやねのタガが外れた。

「あやねさんが意地を張るからです。素直にイッてしまえば良いのに……」

囁いた洋介は、唇に挟んだ肉芽を甘く潰した。右手の指二本をふたたびヴァギナに挿入させ、くちゅんくちゅんと掻き回す。

「はぐううっ……ああ、すごい……気持ち良すぎちゃうぅ。イキそう……ああ、だめっ、イッちゃうぅ……っ」

クリトリスをぐりぐりと揉み込み、くにゅんとなぎ倒す。どろどろにぬかるんだ肉襞を絡めとり、淫蜜と共に掻き出してやる。洋介の若さゆえの暴走も、兆《きざ》しきったあやねには快感でしかない。

官能に溺れきった表情が、わなわなと唇を震わせて悲鳴をあげた。

「あうううっ、イクっ！」

白く練り上げられた蜜汁が、ドクンと膣奥から吹きこぼされた。

しなやかに背筋がぐんと反らされ、虚空にブリッジを作る。繊細なうぶ毛までが逆立っていた。

5

ひくひくと二本の指を喰い締めているヴァギナからゆっくりと引き抜くと、その指先をまたしてもクリトリスにあてがった。

しとどに濡れた花園からたっぷりと滴《しずく》をまとわりつけてあるため、肉萌をあやすにつれぬちゅん、にゅちゅんと卑猥な音が立つ。

「えっ？　あ、ああん……だめよ、イッたばかりで、そこは敏感なのぉ……」

途端に、ぷりぷりのお尻が上下に左右に踊る。

「だめ、だめだってばあ……私、また恥をかいちゃうぅ……」

「いいじゃないですか。恥をかいても。イク時のあやねさん、ものすごく色っぽいですよ」

「いやよ、恥をかくなら今度は、洋介さんと一緒がいいわ。お願い、ね、そうして？」

一度恥をかいてしまったせいか、あやねにしては大胆なおねだりをしている。もちろん洋介にも異存はない。それどころか、早く挿入したくてうずうずしている。

「それじゃあ、今度は逆向きで手をついてください」

赤みを帯びた首筋が、こくんと縦に振られた。

洋介が女体を持ち上げる手伝いをすると、求めに応じようと立ち上がったあやねは、その上半身を棚側に折り曲げ、平台に両手をついた。

従順な美熟女にさらなる美を添えたくて、洋介は彼女の後頭部で束ねられたシニョンを解《ほど》いた。ふぁさりと落ちた雲鬢《うんびん》が、身持ちの堅い女主人のイメージをいっぺんに霧散させる。華やいだ色香が、洋介の激情を根底から揺さぶった。

「ください。洋介さんのおちん×ん。あやねのおま×こに……」

上品な唇が、淫語を口にする。洋介の興奮を誘うため、意図的に口にしているのだ。あだっぽいお尻を突きだし、くいっくいっと細腰を振ってくる。

たまらず洋介は、美臀に飛びついた。

「男の人、久しぶり……ああ、私たち契《ちぎ》るのね」

少し古風な物言いをしながら、身悶えるあやね。

「そうです。あやねさん。俺たち契るんです」

あやねの言葉を真似ながら、やわらかい内ももに手をあてがい、さらに美脚をくつろげさせる。

透明な糸を引いて口を開けた恥裂。トロリと零れ落ちた蜜液が垂れ、白い太ももを穢《よご》す。

「あ、あやねさん！」

コチコチの勃起肉に手を添え、神秘の肉割れにあてがった。

先走り汁で汚れた亀頭を愛液まみれの女陰にくっつけ、そのまま縦割れをなぞった。

ぬぷ、ぴちゅりっ、くぷこっ——。

切っ先が、やわらかな肉びらを巻き添えに、ヴァギナへの挿入を図った。

コンドーム着きでは、味わえない体温とヌルつき。

「あうあぁああっ！」

どちらが上げたか判らない呻き。粘膜同士が触れあった瞬間、お互いの境界が溶けてなくなっていきそうな感覚に酔い痴れる。

「入ってくる……入ってきちゃう!!　洋介さんが私の中に……」

さらに腰を繰り出すと、あやねの体がぶるぶると振動した。

「んんんんんっーっ！」

あやねが男性を迎え入れるのは、相当に久しぶりであったらしく、その肉びらは処女の如く狭隘だった。

「おっきい……ああ、大きなおち×ちんで、拡がっちゃうぅっ」

洋介は、肉の蛮刀が膣胴を切り開くのを連想した。押し開かれていくあやねには、もっと強い衝撃だろう。勃起肉を奥へ奥へと受け入れながら、ふるふると艶臀が震えている。膣襞までがきゅんっと収縮した。

「俺が大きいんじゃなくて、あやねさんが狭すぎなんですよ」

切っ先で押し開くようにしてずるずるっと滑り込ませる。複雑な起伏と蕩ける滑らかさが、凄まじいまでの具合のよさを実現していた。

「ああでも、すごい。あやねさんのおま×こ、超気持ちいいですっ！」

洋介のボキャブラリー不足もあるが、実際、あやねは名器だった。

肉筒全体が深く柔らかく、細かいヒダヒダが幾重にも密集し、しっとりと吸いつき、きゅきゅうと締めつけ、くすぐるように舐めまわしてくるのだ。

さらには、精神的充足感も凄まじく大きい。

十人の男とすれ違ったら全員が振り返るであろう美貌のあやね。そんな彼女と一つになれた歓びに、必要以上に高ぶってしまい、挿入し終わらぬうちに漏らしてしまいそうだった。

ぢゅぶずずず、ぐちゅりゅっ、ずりゅりゅりゅりゅっ――。

沸きあがる快感に歯を食いしばりながら、残りの肉竿を埋め込んだ。付け根が、マシュマロのようなお尻にまで到達すると、くんと腰を捏《こ》ね、根元までずっぷりと挿入を果たす。

「ふ、深い……あやねの深いところに届いてるわっ！」

粘膜同士が互いの熱で溶けあって、なくなってしまいそうな快感。あやねの悦楽が洋介の悦びとなり、洋介の興奮があやねの官能となっていた。

「ああ、うそっ。私こんなＳＥＸを知らない……。ＳＥＸってこんなに凄《すご》いものなの？」

あやねのヴァギナは、洋介のペニスにぴったりとすがりつき、互いの寸法にあつらえたように収まっている。運命づけられた出会いが、今なされたのだと思えるほど、体の相性があっていた。

「どうしよう。私、洋介さんから離れられなくなってしまいそう」

「うれしいです。あやねさん。俺、真剣にあやねさんのこと愛しますから！」

自然に口をついたセリフ。だからこそその言葉は、あやねの脳幹に直接染み入り、彼女に多幸感を与える。

「言わないでぇ。幸せ過ぎて、心まで蕩けちゃいそう……」

「愛してる……。愛してるんだあやねさん！」

再度耳元で囁くと、女体がジューンと濡れを増し、ガクガクガクッと痙攣した。甘く蕩けた心が、早くも初期絶頂を呼んだらしい。

「すごいの。腰が痺れて、お尻が震えちゃう……ああ、熔けちゃいそう……」

「あやねさんもすごいです。こんなに強くおま×この締めつけが……なのにこんなにトロトロで……ぬかるみに漬け込んでいるみたい！」

膣肉が妖しくさんざめき、肉襞がそよいで男根をくすぐってくる。合一を悦び、熱くもてなしてくれるのだ。

「きついよっ……とろとろでやわらかいのに、きつきつです!!　ぬるぬるしているくせにザラザラもしてる……うぐぅっ！　まだ吸い込まれますよぉっ！」

ふかふかのヒップに恥骨が密着しているにもかかわらず、さらに腰をぐんと押し出した。切っ先が、ごつんと奥を突いた感触があった。

「きゃうぅっ!!」

はしたなくあやねが呻いた。

白い歯列を、がちがちと噛み鳴らす音が響く。

「こんなに深いの、はじめて……。ああだめ、またきちゃいそう……あ、あぁぁ」

わなわなと女体を震わせて熟女がアクメを極める。強烈な喜悦に、むっちりとした太ももが鳥肌を立ててぶるぶる震えていた。

洋介とて深い悦びは一緒だ。際どく射精だけは免れているが、頭の中では色鮮やかな火花が何度もさく裂している。

(間違いなく高嶺の花の美熟女が、俺のペニスに貫かれて喘いでいる)

幾度も妄想した願望が、ついに叶《かな》ったのだ。

獣欲に駆られた洋介は、未だあやねが身に着けたままのエプロンのリボンを細腰から外し、薄紅のチュニックをまくり上げて、すべすべの背中を露出させた。

「あやねさんのおっぱい、直接触らせてもらいますよ……」

その背筋にしがみついているブラジャーのホックを引きちぎらんばかりの勢いで外

すと、自らも前屈《かが》みとなって、紡錘《ぼうすい》形に垂れさがった大きなふくらみを掌にすくい取った。

まろびでた肉房が、ずっしりと洋介の掌を埋め尽くす。そのやわらかさ、弾力を確かめるように、むにゅりと手指で潰していく。

「あ、あああん……。私、おっぱいも敏感になってるぅ！」

その言葉通り、乳白色の背中にざわざわと鳥肌が立ちはじめている。けれど、あやねの乳房は、彼女の性感を波立たせるばかりではなく、揉みしだく洋介にも凄まじい快感を与えてくれる魔惑のふくらみなのだ。

堅くさせた乳首が掌底に擦れているのが判る。開いては閉じるを繰り返すと、スライム状の熟脂肪がむにゅにゅにゅっと移動していく。行き場を失った乳肉は、指と指の間を埋め尽くし、得も言われぬ感触で手指の性感を悦ばせてくれた。

「ああ、あやねさんのおっぱいやばすぎる！　なんていいおっぱいなんだ！」

洋介はその乳房から手を放すことができなくなっていた。美味しいものを取っておくつもりで生乳《なまちち》への愛撫を我慢してきたが、いざ直接触れてしまうと、あまりにも素晴らしい感触に、激情をこめた乳揉みを繰り返してしまうのだ。

「すべすべして、ずっしりふわふわで、おっぱいって、こんなにも官能的なのですねっ!!」

熱に浮かされたような洋介の声が、そのまま乳房に滲《し》みわたるのか、あやねもそのふくらみをわななかせ、快感に溺れている。

勃起を咥え込んだ下半身をはしたなく振り、洋介の腰部や太ももに甘く熟れた艶尻をなすりつけている。

「うおっ、おま×こ擦れてる。そんなもじもじされると挟まれたち×ぽが……」

「だって、もうじっとしていられない。切なくて、勝手に腰がくねるのぉ」

じれったそうに女体を揺すらせて、抽送を求めるあやね。ヴァギナも複雑な蠢動を繰り返し律動を促してくる。

「動いてほしいんですね、あやねさん……」

囁かれた熟女は、首を持ち上げてこちらを振り返り、小さく頷いた。媚を売る妖しい流し目が、ぞくぞくするほど色っぽい。

「それじゃあ、動かしますね！」

囁いてからぐりぐりと腰でのの字を描いて、膣孔を抉りたてた。

「うぐっ……あ、はん……。ああ、もっと、もっとよ。激しく、激しくしてっ！」

牝性を現したあやねに求められるまま、ずるずるっと引き抜きながら、張りだしたカリ首で胎内の襞という襞を掻き毟《むし》っていく。入り口付近まで引いたペニスを、一気に埋め戻した。

ペニスの幹がしこたま膣襞に擦れ、洋介の背筋にぞくぞくっと快い電気が流れた。

「ふぅううん……んんっ……」

根元まで蜜壺に漬け込み、くいっくいっと腰を捏ねまわしてから、またすぐに引きずり出す。

「あ、ああ、いい……なんて熱いの、それに、太くて堅い……」

単調な抜き挿しにならぬよう、入り口付近で小刻みな出し入れをくれてやる。

「あ、感じる……感じてしまう……あっ、あっ、ああっ」

括約筋に引っ掛けるように擦り上げ、押し込んでいく。それが「いい！」と、兆した声が妖しく震えながら呻吟《しんぎん》する。

ぐちゅん、ぶぢゅちゅ、ぬぷん、ぶぢゅぢゅ――。

卑猥な水音を掻き立てるのは、洋介の抽送だけではない。あやねも熟腰をクナクナとくねらせている。しかも、挿入した膣中では、快楽を搾り取るように、肉襞をヌチュヌチュと蠢かせているのだ。

清楚で貞淑な高嶺の花が、これほど淫蕩《いんとう》な一面を持ち合わせているとは思わなかった。つまりはそれだけ、洋介との情事に溺れてくれているわけで、そのギャップが大きいほど興奮を煽られる。

「うああっ、あやねさんの腰、いやらしい動きっ！　クネクネするたびにおま×この中で襞々が蠢きます……ああっ……今度は、きゅぅっと締めつけてる！」

「は、恥ずかしいから言わないで……腰が勝手に動いちゃうの……どうやって止めればいいのか判らない」

あやねにも、いやらしい腰使いの自覚があるらしい。激しくも断続的に快感に襲われて、動かしてしまうのだろう。

「や、やばすぎです！　あやねさん、気持ち良すぎ！」

洋介がほめそやすたび媚肉は、うれしいとばかりに締めつけ、蠢き、吸いついてくる。しかもあやねは、群発アクメにさらされ、媚肉が快感に痙攣しているため、洋介にもその振動が伝わって、この世のものとは思えない官能に道連れにされるのだ。

「はううっ、あぁぁ……だめよ、あやねにこんなSEX覚えさせないでぇ……！」

泣きじゃくるようによがりまくるあやね。豊かな雲鬢をおどろに振り乱し、襲いくる悦楽に溺れている。

官能に目覚めた熟女ほど、淫靡で凄まじい存在はない。

「ぶわあああ、もうだめです！　あやねさん、もうこれ以上我慢できません」

菊座を絞り、射精衝動を堪《こら》えるのも限界だった。肉塊全体がやるせないまでに疼《うず》いて、ひくひくとヒクついてしまっている。

「射精《で》そうなのね？　ください。私の子宮に、洋介さんの精子呑ませてください」

「良いんですね、射精《だ》しますすよ。あやねさんの膣中いっぱいにっ！」

洋介は、あやねの太ももの付け根に両手をあてがい、ぐいっと引きつけた。

根元までの深挿しに、ぞわぞわぞわっと背筋を鮮烈な快感が走る。受精態勢を整えるヴァギナも、その収縮を一段と増した。

「きゃううううっ！」

朱唇から兆しきった甲高い呻きがあがった。

最奥を直撃された衝撃に、本格的なアクメを迎えたらしい。

薄い子宮壁を突き破りそうなほどの手ごたえに、洋介も凄まじい快感を覚える。

「ひ、開かれちゃうぅっ……ぎちぎちって、おま×こがいっぱいに……あ、ああ、恥をかいてしまうぅ！　んんっ……あ、あぁぁイクっ……！」

白い背筋が痙攣し、媚肉が肉塊をきゅーきゅーと締めつける。

（す、すごい！　これが熟れたおんなの本性!!　なんて色っぽいんだろう）

あやねの貪婪《どんらん》な変貌ぶりに、度肝を抜かれながらも発射態勢を整えた。

「俺もイクっ……もう、射精《だ》しちゃいますううううっ」

「ああ早くっ……またイッちゃうから……一緒に……ああ一緒にぃッ!!」

連続アクメに晒されたあやねが、女体のあちこちを痙攣させながらも、洋介を凄絶な色香で促した。たまらず洋介は、肉傘をぶわっと膨らませ肛門を引き絞る。

膣奥にとどめの一突きを食らわせて、玉袋から精液が迸る陶酔を味わった。ほとんど塊のようになった白濁が、尿道を飛び出していく。男にとって最高の瞬間を、頭の中を真っ白にさせて酔い痴れた。

ぶばっ、どびゅびゅびゅっ、どくどくどく——。

灼熱の精液を多量に注ぎ込むと、あやねもまた陶酔と絶頂のはざまで、ぐびりぐびりと子宮で呑み干す。

おんなの業《ごう》の凄まじさ。多幸感に浸りながらイキ続ける女店主は、あまりにも浅ましく、それでいて惚れ惚れするほど美しい。

「ああ、あやねさん、すごくきれいだ……」

玉袋に貯められた最後の一滴まで放出しながら洋介は囁いた。

深い深い絶頂を極めたあやねは、子宮の収縮にあわせて背筋を、びくっびくっと未だ痙攣させている。

「こんなに気持ち良いＳＥＸ、初めて……。洋介さんの言う通り、新たな世界が広がったわ」

怒涛のアクメからようやく戻ってきたあやねは、これまで以上に美しくおんなを咲き誇らせている。それが嬉しくて、洋介はその朱唇を求めた。

第二章　出戻り次女

1

春眠暁《あかつき》を覚えず。

心地よい微睡《まどろみ》の中、雀の鳴く声で目を覚ますと、またしても見知らぬ寝室だった。

「ああそうか、昨夜はあやねさんの部屋に泊めてもらったのか……」

落ちついた家具や調度品に、あやねの顔がすぐに思い浮かんだ。同時に、昨夜の乱れきった彼女の嬌態も。

昨夜は一晩中求めあったに近い状態で、最後にはあやねが気をやったまま短い失神をしてしまい、洋介を焦らせたものだ。

「貪るように愛するって、こういうことを言うのね」

精液を幾度も浴びて、幸せそうにあやねが言った。

「あやねさんのこの身体。俺は何度でも貪りたい！」

イッたばかりのヴァギナに、先の乾ききらないペニスを押し込め、狂おしいまでに腰を振る。そんな獣のような交わりを思い出すだけで、洋介の下腹部はまたしてもいきりたってしまう。

「あちゃ、まずいまずい。また催してきた。あやねさんがいたら、すぐに求めてしまうのになあ……」

二晩続けての熱い情交。しかも、その相手が姉妹であることに、気だるい幸せを感じる。

「それにしても、あやねさん。どこ行っちゃったのだろう？」

いつの間にかベッドを抜け出したあやねの姿を求め、洋介は起き上がった。

脱ぎ散らかした服を拾い集め、手早く身につける。

「三日も着たきり雀かあ。ふたりに嫌われそうだなあ……」

シャツの腕のあたりを鼻にやり、クンクン匂いを嗅いでみる。けれど、着替えがあるわけでもないのだからやむを得ない。

「えーと。あやねさんは、キッチンだろうか」

あたりをつけた通り、あやねはキッチンで甲斐甲斐しく立ち働いていた。鼻腔をくすぐる香ばしい匂いは、朝食を用意してくれているらしい。

あやねを求めて起きだしてみたものの、いざ顔をあわせると妙に照れくささを感じた。

(うわあああ。初夜を迎えた新婚の二人って、こんなかなあ……)

面映《おもは》ゆい感覚に、「おはよう」の言葉すらすんなり出てこない。

「よ、洋介さん。良く眠れた？　今起こしに行こうと思っていたところなの。すぐに朝ごはんの支度ができるから、顔を洗っていらっしゃい」

姉さん女房そのものの立ち居振る舞い。けれど、彼女も洋介同様に照れくさいらしく、頬をほんのりと赤く染め、口調も早口になっている。

「う、うん。じゃあ、そうします」

はにかむような微笑に送られて、バスルームに向かう。

そのドアを開けた途端、しおりとばったり出くわした。

ドキリと洋介がしたのは、やましさばかりではない。

彼女は裸身にローライズタイプのパンツ一丁で、タオルを肩から掛けた悩ましい姿。

乳房も露わに化粧の真っ最中だったからだ。

当然、「きゃあー」と黄色い悲鳴が上がると思いきや、しおりの朱唇は「おはよう」と動いた。

心もち、その頬を赤らめているものの、はだけた胸元を隠そうともしない。よほど、洋介の方が、どぎまぎしているくらいだ。

「あ、お、おはよう」

どうにか、挨拶だけ返したものの、次にどう行動すれば良いのか思いつかない。

「いいよ。顔洗うんでしょ？」

ぽいっとタオルを投げかけられると、いよいよどうすれば良いかに戸惑う。

「ほら、そんなところに立ってないで。それとも一緒にシャワーでも浴びる？」

ひたすら立ち尽くす洋介の姿に、しおりはくすくす笑い出した。

「あ、うん。それじゃあ……」

おととい掌に刻まれた形の良い美乳の感触が、甘い疼きのようにぶり返す。

目のやり場に困り、洋介は大急ぎで蛇口をひねり、冷水を掬《すく》って顔に擦りつけた。

「洋介、うまいことやったね。本当にお姉ちゃん押し倒したんだね」

いつのまにか傍に寄せられた美貌が、耳元で囁いた。

「え、いや、それは……どうかな？」

「隠さなくてもいいよ。朝からあんなに機嫌の良いお姉ちゃん見るの久しぶりだもの。お肌なんかつやつやぴっかぴかだし、男のエキスたっぷり吸いましたって感じ」

いかにもうれしそうなしおりに、どんな顔をすればいいのか。虫の良い話だが、あやねを想う半面、しおりに魅かれているのも確かなのだ。

「洋介、お姉ちゃんのことよろしくね」

そう言い残して、しおりはその場を立ち去った。その魅力的なお尻のフォルムを、やるせない気持ちで目に焼き付けた。

2

「お姉ちゃん、洋介が今住んでいるアパートを追い出されそうって、知ってる？」

しおりがそう切り出すと、朝食の席は、そのまま家族会議の場となった。

「洋介をここに置いてあげたら？」

天の助けにも等しいうれしい提案だが、発言権のない洋介としては事の成り行きを見守るしかない。

「家賃は取れそうにもないけど、格安のバイト料でこき使えば良いよ」

さらに、しおりが破格の提案をしてくれた。

（ええっ？　家賃も取らずに置いてくれるの？　しおりちゃんが天使に見えてきた）

あどけなさが残る美貌をうっとりと眺めながら、洋介は天使の勝利を期待せずにいられない。

「洋介さんが困っているなら、それは見過ごせないけど、女所帯に男性を住まわせるのもどうかしら……」

溜息をつくようにあやねが困ったような表情をかしげる。母性のたっぷり詰まった巨乳が、たぷんと上下に波打った。

（ああ、やっぱりあやねさんらしい反応が帰って来た……）

あやねとしおりの顔を見つめ、一喜一憂する洋介。

「当面は、のりかお姉ちゃんの部屋を使ってもらえば？」

のりかとは、嫁に行った神田三姉妹の次女のことだ。

「そんなことをしたら、のりかが気を悪くしないかしら？」

「洋介、今日にでも、荷物取りに行きなよ」

難色を示すあやねに、まともに取りあわないしおり。

（よくこのかみ合わない会話で、この家は回っているなあ……）

しおりの言葉にあいまいに笑顔を作って見せたものの、洋介はこの会議がだんだん他人事のような気がしている。この美人姉妹と一緒に住めるかもしれない期待に胸が膨らむ一方、その夢のような生活にリアリティが感じられないのだ。

「ちょっと、勝手に話を進めない！　私の意見も聞きなさいよ」

ついにあやねが、かんしゃくを起こした。

(ああ、やっぱりあやねさん怒るんだ。そりゃあ、そうだよね……)

住み込みを願う洋介でさえ、しおりの話の進め方は強引に過ぎると思った。けれど、当のしおりはどこ吹く風でいる。兄弟のない洋介としては、そんな姉妹関係が微笑ましくも羨ましく思えた。

「のりかお姉ちゃんの部屋がまずければ、私と同居でもいいけど……。それともお姉ちゃんが同棲する？」

尋ねられたあやねの美貌に、すっと恥じらいの朱が差した。つられて、洋介までが顔を赤らめてしまう。

「し、しおりと同居なんてダメよ」

悋気《りんき》を露わにするように、ムキになってしおりとの同棲を否定するあやね。その言葉の後に、さらに蚊の鳴くような声が続いた。

「わ、私となら良いかな……」

ピンクに色づいた美貌が、さらに茹《ゆで》ダコのように赤くなっている。

「えっ？　えーっ!!」

思いがけぬあやねの言葉に、さすがのしおりも聞き返した。

「ううん。やっぱり私でもダメ。いいわ、のりかの部屋を貸してあげる。女所帯は心細いからボディガード代わりに……。そうねえ、ご近所の目もあるから、洋介くんは親戚ってことにしましょう」

満額回答を引き出したしおりが、してやったりの表情を洋介に向けてきた。

あやねはあやねで、色っぽく瞳を潤ませてこちらを見つめてくる。

「ありがとうございます」

洋介は間髪を入れずに礼を言いながら彼女たちの気の変わらぬうち、すぐに引っ越ししようと決めていた。

3

「住み込みのバイトってのも珍しいよなあ……。でも、まあ三食付で、しかもあんな美人姉妹の添い寝までがついているのだから、頑張らなくちゃ！」

あれから、早々にアパートを引き払い、維新堂に転がり込んだ洋介は、少しでも売り上げが向上するように張り切った。

実際、その効果は、数週間のうちに目に見えて上がりだした。

「洋介、うちの店に何をしたの？」

しおりが目を丸くするのも不思議はない。正直、自分でもこれほど売り上げが上がるとは思ってもいなかった。

洋介が手始めに行ったのは、アダルトコーナーの復活。難色を示していたあやねを説き伏せ、買い入れにも力を入れて充実を図った。

本好きであると同時に、エロ大好きの洋介らしい品ぞろえに、ぽつぽつと商品が動き始めている。けれど、それは今後期待するジャンルであって、効果のあった策とはまた違う。売上に貢献したのは、インターネットの活用だった。

「お店のホームページを立ち上げて、ネットでも商品を売るようにしたんだ。ついでに積極的にネットマーケットやオークションにも出品してみたらこうなったんだよね」

これほど早く効果が生まれたのは、そもそもの維新堂の品ぞろえが良かったことが、幸いしている。

「ネット販売って、こんなに効果のあるものだったのね」

パソコンを前に、あやねとしおりが左右から洋介を挟み込む。

あやねのフローラル系の香りとしおりの柑橘系の香りが、悩ましくも甘く洋介の下半身を直撃した。

「お姉ちゃん、もっと早くにやればよかったのに……」

しおりのやわらかい身体が、洋介の肩をむぎゅぎゅぎゅっと押してくる。あやねの方に体が傾き、もう片方の腕が女主人の巨乳にあたる。

うれしい押しくらまんじゅうに、デレデレと鼻の下が伸びた。

「私にパソコンなんてできるはずないでしょう。しおりこそ、できなかったの？」

ふわふわぽよんぽよんのふくらみに、洋介の傾きが逆方向に押し返される。こんなに愉しい板挟みもない。

「自慢じゃありませんが、ただ単にホームページを開いたり、マーケットに出品しているわけでもないのですよ。これが……」

これほどの美人姉妹に女体を擦り付けられれば、洋介ならずとも好《い》い気にならない方がおかしい。

「何、なに。まだ秘密があるの？」

「ああん、教えて～」

両サイドから耳に息を吹きかけられ、背筋にゾクゾクと快感が走った。

「ダメです。これぱっかりは企業秘密です。なんせ究極の裏技ですから」

「何よ～。勿体《もったい》ぶってぇ」

指先で太ももをぐりぐりとされると、ついつい秘密を洩らしたくなる。けれど、それだけは、どうしても言えない。

洋介は、単に本好きなばかりではなく、司書の資格が取れるほど本に対する造詣《ぞうけい》が深く、その知識を活かして本を仕入れている。それ以外にも、積極的にあちこちの古本屋を回り、埋もれているお宝を見つけ出しては、ネットなどで高く売ることに成功した。ここまでなら目利きの古本屋では当たり前の作業だが、洋介は掟《おきて》破りの裏技を使っていた。

見つけ出したお宝を購入せずに、さも維新堂に商品があるように見せかけて、販売しているのだ。

ネットで売れた場合のみ、その店に走って購入し、維新堂の商品として売る。売値には利益を上乗せしてあるので、確実に儲かる。つまり仕入在庫を置かないまま、リスクなしで商売をしているのだった。

買い手が現物を見ないで購入を決めるネットならではの商売方法だ。もし商品が売れてしまっていた場合は、店頭で売れてしまったとお客さまに謝れば済む。売れてから商品を仕入れる商売はいくらでもあり、決して違法ではなかった。

けれど、そのカラクリをあやねたちに打ち明けるわけにはいかない。掟破《おきて》りで、古本屋同士の仁義に反する恐れがあるからだ。特に、潔癖なあやねの耳に入れるわけには、絶対にいかない。

洋介自身、店の経営を立て直したなら、こんなやり方からはすぐに撤退するつもりでいる。生き残るための非常手段であって、長く続ける商法ではない。

「うふふ。洋介さんを信頼しているけど、無茶はしないでね」

言葉の後ろにハートマークが見えそうなあやねのセリフ。洋介は心を蕩かしながらエビス顔で、頷いて見せた。

あやねとしおりがこんなに高く評価してくれるから、洋介は古本屋という商売が面白くなっている。特に、書庫の奥に埋もれていたお宝を見つけ、高く売れた時などはＳＥＸで得られる快感並みの悦びを得られる。

二人に少しでもよいところを見せたいと、ますます張り切る洋介は、ツキも味方しているらしく、次々に掘り出し物を見つけ出していた。

（じきに裏技をやめて、目利きだけで勝負できるかもしれないな……）

そんな風に維新堂に洋介の居場所ができかけた矢先だった。

「私、家出してきたから。しばらく夫と別居するわ」と、突然維新堂に次女ののりかが帰って来たのだ。

「どうして、私の部屋が勝手に使われているの？　ここにも私の居場所はないの？」

自分の部屋が新参者の洋介に占拠されていると知ったのりかは、ヒステリー気味に怒り出した。

彼女の家出の原因は、どうやら夫の浮気が原因らしく、そのとばっちりが洋介に回ってきている形だった。

「姉妹の私とアルバイトとどっちが大事なのよ！」

姉妹だからこそ、我がままも言いやすい。日和見《ひよりみ》的な洋介としては、大人しく成り行きを見守っている。否。むしろ観察していると言った方が良いかもしれない。

初対面ののりかはともかく、あやねとしおりが行き場所のない自分を追い出す訳がないと思っているからだ。それは自惚れと言うよりも、それだけ彼女たちを信頼している表れだった。

「判ったから。もう、のりかお姉ちゃんエキサイトしすぎ……。仕方ないから洋介、お姉ちゃんの頭が冷えるまで、私の部屋で同居する？」

案の定、苦笑いしながらもしおりは、のりかのことを取り成してくる。

「だめよ。洋介さんには、しばらく奥の間を使ってもらうわ。狭い上に、引っ越したばかりで悪いけど許してね」

あやねも、妹の勝手さに呆れ顔ながら、洋介に部屋の移動を願い出た。

「大丈夫ですよ。きっと、のりかさんは傷ついて、あやねさんたちに甘えたかったのでしょう。俺は、ここに置いてもらえるだけで、感謝していますから」

詫びる姉妹たちに、洋介は笑って見せた。

4

そんなことがあった夜更《ふ》けのこと。

部屋が変わったせいか、洋介は何となく寝つけずにいた。そんな時は、無理に寝ようとせずに、本でも読んでいるのが一番と、読みかけの小説を開いている。

すると、そこへカタンと小さな物音がした。

音はどうやら襖の向こうからのようで、人の気配がする。

(もしかして、あやねさんかしおりちゃんが忍んできてくれた？)

けれど逡巡しているのか、いつまでも声がかかるでも、襖が開かれるでもない。

(この恥ずかしがりようは、あやねさんだなあ……)

焦れた洋介は布団から抜け出し、躊躇っている彼女を招き入れようと襖を開いた。

「恥ずかしがっていないで、入ってくればいいじゃ……」

洋介が最後まで言葉を継《つ》げなかったのは、そこに佇《たたず》んでいたのが寝間着姿ののりかだったからだ。それも、純和風の浴衣姿なのだ。同じ柄の浴衣を身に着けて休むあやねを洋介は見たことがある。色違いのおそろいらしい。

「え、あ、あの〜。の、のりかさん？」

昼間とはまるで異なるのりかの様子に、ドキドキと胸が妖しくざわめいた。

「こんばんは……」

蚊の鳴くような声で、挨拶をするのりか。洋介も「こ、こんばんは」と、ぎこちなく挨拶を返す。

「あの、君は、呑める口でしょう。少し付き合ってもらえないかと思って……」

酒とつまみを載せたお盆を、のりかが胸元にひょいと掲《かか》げる。なおも框《かまち》のところで入り難そうにしている彼女を、洋介は快く招き入れた。

「どうぞ。どうぞ。お酒なら大歓迎です」

あやねがどうかは知らないが、しおりは酒を飲める口で、その妹のところに行かず、自分のところに来たのは、昼間のことを反省して仲直りに来てくれたものと理解した。

洋介の前を横切るように、部屋の奥に人妻が進む。鼻先をふんわりとローズ系のフレグランスがくすぐっていく。

あやね、しおりの姉妹だけあって、のりかもすこぶる付の美人だ。

ややしもぶくれ気味の頬が、少しだけ和風のイメージを抱かせる。ただ美しいだけでなく、清爽な透明感と凛《りん》とした内面の強さが、クールビューティの面差しに現れていた。

切れ長の瞳に、眦《まなじり》のほくろが得も言われぬ人妻らしい色香を発散させている。長い髪は中ほどで束ね、一方の肩から胸元に垂らしていた。

伝統的な浴衣は、その体型を隠すものだが、身長があってグラマラスボディなのりかだから、胸元の豊かさは十分わかる。

「狭い部屋ですがどうぞ……って、ここはのりかさんの家でしたね」

おどけた口調でしゃべりながら、洋介は彼女を回り込み、敷いていたふとんを片隅に押し込んだ。

確保したスペースに、のりかがお銚子を載せたお盆を置く。そのしなやかな仕草は、お淑《しと》やかそのもので、やはり昼間の姿とは打って変わっている。

「はい。お近づきに一献《こん》」

差し出された盃を受け取ると、銚子を手にした人妻がナミナミと酒を注ぐ。その銚子を今度は洋介が取ると、のりかの盃を酒で充《み》たした。

「では、いただきます」

盃を目の高さに持ち上げてから、洋介は中の透明な液体をきゅうっと喉奥に流し込む。

同じ仕草を見せた人妻は、上品な色香を纏わせて、白い喉を晒した。

「ああ美味しいっ。うふっ、こんなに美味しいお酒は久しぶりっ」

せっかく良い月だからと縁側に移り、差しつ差されつ酒が進む。

「昼間はごめんなさい。私、むしゃくしゃしていたから……。なんだか、どこにも私の居場所がなくなったみたいで、君にまで八つ当たりして」

少しずつ話をするうち、勝気に見えるのりかが、横暴な夫の仕打ちに傷ついていることを知った。

「でもね、本当には夫のことを嫌いになれないの。夫婦って不思議よね……」

「そんなものですかね。でも、ちょっとのりかさんのご主人が羨ましいなあ。浮気したって、何をしたって、こんなにのりかさんから愛してもらえるなんて」

酒がまわって来たのか、洋介は素直に本音を吐いた。

「のりかさんのような美人が奥さんだったら、俺、絶対に大切にするけどなあ……」

「まあ、君って、結構お上手なのね」

ぽってりとした唇に盃が運ばれては、こくこくっと喉を鳴らし、液体を体内に流し込む。一滴もこぼさぬように、美貌が上を向く。白い喉元が、ふるいつきたくなるほど艶《なまめ》かしい。

「君は、お酒、強いのね。少しも乱れない。私は、少し酔ったかしら……」

膝を崩したのりかが、甘えるように洋介にしなだれかかった。芯が蕩けたように、やわらかい身体を預けてくる。

浴衣の裾からしどけなく生脚を晒していた。

わずかに栗色が差した髪が、ふんわりと甘い匂いを漂わせる。

気付かれぬように洋介は、その芳香を肺のなかに吸い込んだ。

体中の血液が一気に滾《たぎ》る。若いだけあって、精力は有り余っている。

「うふっ……。そんなに堅くならないで。取って食べたりしないから」

ほんのりと赤らめた頰は、まるで誘っているかのよう。

目力の強い印象的な瞳も、今はうるうると潤んで、月の光を散りばめている。

(うああ、人妻って色っぽい……)

妖しい一挙手一投足に、ドキドキしながらも魅入られてしまう。突然出現した小悪魔に、翻弄《ほんろう》されているように感じられた。

しかし、狂おしい性衝動にかられながらも、彼女が人妻であることを意識せずにはいられない。あれほど夫のことを思っているのりかなのだ。

同時に、あやねやしおりへの気兼ねもある。二人のことを本気で想っている洋介としては、姉妹丼をさらにおかわりするわけにはいかなかった。

「お姉ちゃんのことが気になる？　それとも、気になるのはしおり？　すぐに気がついたわ。三人の関係……。でも、私も君に興味が湧いてきちゃった。夫のことを愛しているけど、君のことも気になるの……」

しなだれかかる女体は、おそろしくしなやかで、どこまでもやわらかい。しかも、すらりとした肢体に見えて、恐ろしく肉感的だ。

「うふっ、どうかしら。人妻の私、魅力あるかなあ？　あんなふうに浮気されて、自信を失っているから……」

おんなとしての矜持《きょうじ》を取り戻すには、やさしく接する洋介を格好の相手として認識したのかもしれない。人妻の切れ長の瞳が、とろとろに蕩けていく。

「もちろん魅力的です。のりかさんを放っておくご主人の気がしれませんっ！」

触れあう部分から互いの体温を交換する。酒のせいかのりかのぬくもりは、洋介のそれよりも熱く感じられた。

「ねえ、私の身体を見たい？」

形の良い唇からも、同じ熱さの息が漏れだし、洋介の耳朶《みみたぶ》をくすぐった。否。それは息ではなく、もっと甘い媚薬であったたかもしれない。

酒以上に深い酔いが回り、何を言われたのか言葉が輪郭をなさない。じんじんと脳幹が痺れていた。

「奥手のお姉ちゃんや、お子ちゃまのしおりより私の方が、君に教えてあげられることがあるかもしれないわよ」

色っぽい眦のほくろが、ねっとりと洋介を誘ってくる。

ごくりと生唾を呑み、激しくかぶりを縦に振った。満足げな表情を浮かべた年上の女性が、何らかの決意を浮かべゆっくりと立ち上がった。

5

「こんなことをする私をふしだらと思わないでねっ。素直な君なら、やさしく私を蕩けさせてくれそうだから……」

耳まで赤く染めながら、けれどのりかは、決して洋介から目をそらさずに帯を解き、裾元に解いたそれを落下させた。

「の、のりかさんっ……」

浴衣の前合わせがゆっくりと開かれる。

女らしい風情のほっそりとした首筋、さらに連なる薄い肩から、羽織っていた浴衣がふぁさりと畳に落ちる。

洋介は目を細めてそれを鑑賞しながら、自分も寝巻代わりのスウェットを脱ぎだした。人妻の黒の下着姿に、胸が激しく高鳴りどうしようもない。

けれど、ここにきて彼女から躊躇いの色が窺える。こちらに向けられていた視線も、うつむき加減になっている。長い睫毛が、儚げに震えていた。

奔放に振る舞うのりかであっても、やはり恥ずかしいのだ。

「ああんっ、洋介くんのエッチ。視線が痛すぎるわよ。そんな目で見られると恥ずかしくなっちゃうじゃないっ」

奔放な小悪魔が恥じらう姿は、それはそれでそそられる。

ほんのりと頬を上気させ、見えない何物かに抱きしめられているかのように、華奢な肩を不安そうにすぼめ、立ち尽くすのだ。

美神が舞い降りたようなその姿に、洋介はしばしうっとりと見とれた。

「きれいです……。こんなにきれいな肢体、見ない訳にいきません！」

ため息ともつかぬ声を漏らした。

色白の肌と黒の下着のコントラストがのりかの色香を冴《さ》えさせている。凛とした上品さを漂わせる顔立ちにそぐわないほど、艶めかしい身体の線。ブラジャーにふっくらと覆われている豊かな乳房。対照的にお腹のあたりでくびれてから、大きく張り出す腰部。腰高のヒップからすらりと伸びた美脚。すぐにでもふるい付きたくなるほどの均整のとれたモデル体型が晒されているのだ。

「ああ、だから、そんなに見ないでって……」

瞬き一つせずにじっと凝視する視線に、下着姿が身じろぎした。

「でも、のりかさんの裸が見たいです！」

「もう、夫以外には君だけよ。誰にでもこんなことをするおんなじゃあ、ないのだから……」

念を押すように繰り返す人妻。しもぶくれ気味の頬を赤く紅潮させている。

まとわりつく視線から逃れるように、スッとまっすぐ伸びた背を向けて、のりかは心細そうにブラのホックをはずした。

片腕で、黒のブラカップを抱えながら、同色のパンツも自らの手で下していく。

二つの薄衣《うすぎぬ》が床に落とされると、つやつやの美肌が晒された。けれど、恥じらいはそう容易《たやす》く捨てられるものではないらしく、なかなかこちらを向いてくれない。

「ほうっ……」

青白い蛍光灯の元、浮かび上がった女体は幻想的でさえあった。全体的に線が細く、抱きしめたら折れてしまいそうだ。けれど、痩せぎすなわけではなく、適度な脂肪をうっすらと載せていて、むしろ豊満な印象すら抱かせる。

「お願いですから、早くこちらを向いてください」

懇願する洋介に押されてか、のりかがゆっくりとこちらを向いた。

片腕で隠しきれない乳房を抱き、もう片方の手で下腹部の肝心な場所を覆っている。

「ああ、お願いですのりかさん。焦らさずに、ちゃんと見せてくださいっ」

にじり寄る洋介。今にも泣き出しそうな口調に、両腕がおずおずと解かれた。

二の腕に支えられていたふくらみは、解放された途端、一度重力に垂れ下がり、すぐに反発してふるんと持ちあがった。

その動きは、どこまでも男心を挑発して止まない。姉のあやねに負けず劣らずのたっぷりとしたボリュームと、妹のしおりに負けないハリを兼ね備えた魅惑のふくらみなのだ。

「きれいだあっ……やばいくらいきれいですっ！　それにおっきいんですね」

艶かしい成熟ぶりは、むっちりとした肉付きがもたらすものだろうか。いかにもやわらかそうでありながら、水牛の角のように左右に張り出している。

乳白色の乳肌は、しっとりと肌理《きめ》細かく、濡れているかのようにつやつや輝いている。頂点を飾る乳暈は、薄茶色の黄色味がやや強い。

大きなふくらみに続く腰部はきゅっとくびれ、むくみのない太ももからすんなりとした脚へと伸びる優美なラインは、極上のおんなそのものだ。

「すごい。モデルなんかより、よっぽどきれいです」

圧倒的な官能美を湛える女体は、洋介に瞬きすら許さない。呆然と見つめるだけで下腹部に血が集まる。途方もない魅力に魂まで抜かれそうだ。

「きれいです……」

しんと静まり返った部屋に、呆けた声が響く。この感動をもっと上手く伝えたいが、頭のどこを探しても、同じ言葉しか出てこない。

「くすっ。ねえ、見ているだけでいいのっ、のりかに触りたくないの？」

息を呑むばかりの洋介の様子に、幾分余裕ができたらしい。悪戯っぽく微笑む瞳は、どこまでも色っぽい。

洋介は膝立ちになり、そのふくらみに顔を近づけた。荒い鼻息に女体が震え、乳肌が細かく波打つ。大胆な人妻も、そこはおんなであり、やはり緊張を隠せない。それに気がつくと、逆に洋介は、体の強張りを解くことができた。

「さ、触りますよっ！」

のりかの許可を得ぬまま、すらりとした美脚にすがりつくようにして、太ももに掌をあてがった。

「あっ……」

びくんと震える人妻だったが、抗う様子は見せない。それを良いことに、頬ずりまでして、そのむっちりとしたもも肉の心地よさを堪能した。

顔のそばには、恥丘を飾る陰毛があった。洋介のそれよりずっと繊細で薄い。キラキラと萌える草叢《くさむら》に誘われ、掌で毛先を撫でつけた。

「あっ、そんな、いきなりなの……あ、ああんっ」

頰を着けた太ももが、ふるんと揺れた。

反応が愉しくて、さらに陰毛をくしけずった。

「んっ、むふんっ」

愛らしい小鼻が膨らみ、悩ましい吐息が漏れる。繊毛を引っ張られると、ゆるやかな性感が沸き立つのだろう。肉土手に爪先を微妙に触れさせると、いかにもくすぐったそうにお尻が振られた。

「あん、そんなっ……ああっ！」

空いている手を尻たぶにあてがうと、尻肉をねっとりと撫でまわす。

「んっ、んあああっ」

蕩けるようなさわり心地に、太ももから頰を離し、頭もお尻の方に移動させた。豊かな盛り上がりを見せる丸みは、目に見えぬ手で下からギュンと持ち上げられているような見事さだ。

「いやぁよぉっ、そんなにお尻、見ないでっ！」

完璧なフォルムに見とれる洋介に、悪戯っぽい微笑が投げかけられる。言葉とは裏腹に、挑発的にお尻をくねくねと振っている。尻たぶがプルンと揺れ、おんならしい肉感を生々しく伝えていた。

「のりかさんのお尻、超色っぽいです」

無防備な尻たぶは、触れられるとキュンと収縮して、側面にエクボを描き、深い谷間が一本の溝となる。

「うわあ、やばいっ!! こんなにやわらかくて、大きくていやらしすぎです……」

下から持ち上げるようにして、尻たぶに指を食い込ませ、熟肉の充実を確かめる。グリグリとこね回したかと思うと、丸い輪郭に沿わせて肌を擦る。

きめ細かでまろやかな肌は、しっとりしていて、ほのかに熱を孕《はら》んでいる。指の一本一本が埋まるやわらかさだ。

「ああん。君、触り方がすけべだぞ……」

指をじりじりと下げ、掌全体で太ももも撫でてやる。負けず劣らず、太ももの程よい熟脂肪も、掌性感を悦ばせてくれる。

「ああ、どこもかしもすべすべです。触るだけで、こんなに気持ちいいなんて……」

「うっ、んん……。あ、うううっ」

特にやわらかい内ももに触れると、ビクンと腰がひくついた。

「あうぁっ、ううっ……どうしよう、身体が熱くなってきちゃった……」

たまらず呻く背筋には、薄っすらと汗が滲《にじ》んでいた。

「あ、ああんっ、だめっ、お尻いやぁん」

美尻をねっとりと嬲《なぶ》りながら、すらりとした両脚を大きく割り開かせていく。

下から覗く洋介から、帳を開いた女陰も、すぼめられた菊座も、その恥じらいの源泉が全て丸見えとなった。

「あううぅっ！　のりかの全て、見られてるぅ」

美脚が怯えたようにわなないた。それでも羞恥に耐え、洋介に全てを晒してくれている。

神秘そのものの女陰は、二枚の花びらに縁取られた三センチほどのクレヴァス。人妻の割に清楚に整い、あまり使い込まれていない印象だ。内側には、サーモンピンクをした濡れ粘膜が覗き見える。

「まだ全てではありません。もっと……のりかさんの奥まで見せてください！」

「いやねぇ。君、本当にすけべ。こんな恥ずかしい思いをしてるのにぃ……」

なじるような口調は、けれど咎《とが》め立てするものではない。それどころかのりかは、体勢を変えて希望を叶《かな》えてくれる。

畳に両手をつき、四つん這いになって、お尻を突き出すのだ。

「ううっ、こんな奥まで覗かれるなんて……」

恨めしげな声とともに、太ももも大きく割り開かれる。

角度が変わり、神秘に包まれた胎内に光が射した。

「おおっ！」

二枚の肉びらが、奔放に口をパクつかせる。内部では、鮮やかな色彩が蠢いていた。

(これが、のりかさんの……)

感動に震えがきた。

卑猥な雰囲気を漂わせつつも、妖しく美しいと感じさせる。左右にはみだした肉花びらは、透明な体液に濡れ、淫靡な輝きをまとっていた。

「ああ、ぬ、濡れていますよ、のりかさん」

相当に愛液が溢れ出ている。視姦に、女体が発情しているのだ。

(触りたい！のりかさんの女陰に!!)

体の奥から熱い衝動がこみあげた。

6

花蜜に誘われる蜂のように、洋介は股間に鼻先を近づけた。

「ま、待って……もう、君はせっかちね。いきなりおま×こに触れたりしないの。いいわ、順番に教えてあげる」

つるんとしたお尻が鼻先から逃れ、太ももも閉じられてしまった。

お預けを食ったイヌのような情けない顔を、ぷっとのりかに笑われて、のぼせ上がった頭が少し理性を取り戻した。

「そうでしたね。のりかさんが俺に教えてくれるんでしたね」

素直に引き下がる洋介に満足げな表情の人妻。繊細な指先が洋介の顎に運ばれ、くいっと上向きにさせられる。

「はじめは、やっぱりキスかな……」

妖艶で大人っぽいのりかは、まるで愛のレッスンを施してくれる女教師のよう。

思えば、洋介は年上の女性との経験ばかりが多く、主導権を握れずに奉仕されることに慣れていた。女性に奉仕する術《すべ》を学ぶのは、初めてなのだ。

「まずは、私からキスの見本を……」

美貌を斜めに傾《かし》げ、ぽってりとした朱唇が洋介の口腔を覆った。

「ふむぅっ……ほむんっ……ふもふぅ」

鼻息も荒くのりかの唇をがっつこうとすると、それを制するように、少し距離をあけては、また唇を重ね、離れては触れてを繰り返される。

「ほふうっ……もっと唇欲しい？　いいわよっ。もっともっと味わわせてあげる」

洋介の厚い上唇が、甘く咥えられる。プルンと離れた後、後頭部をやさしく支えられ、今度は下唇を。そして、また唇全体を覆うように重ね合わせてくる。

「ふああっ……のりかひゃん……うぶぶっ……ほむううっ」

しなだれかかるようにした裸身をゆっくりとくねらせ、やわらかい乳房で胸板をくすぐられる。洋介も、人妻の朱唇を夢中になって吸いつける。なんとか唇を割り、舌を舐《ねぶ》りたいと求めるのだ。

「私の舌がお望み？　いいわよ。はい、あ〜ん」

のりかの声に合わせ洋介は口をあんぐりと開いた。薄く開かれた口腔が近づいてくる。真珠色の歯列に唾液の糸を引きながら、またしても唇が重ねられた。

おずおずと洋介は、舌を侵入させた。人妻の薄い舌と出会い、互いをねっとりと擦り合わせる。

「ぬふっ、んくっ、ぬふん、ほふうう……んっ、んんっ」

遠慮がちに、胸元をくすぐる大きなふくらみを掬い、やさしく揉みしだいた。

「おっぱいを愛撫する時は、いきなり揉んだりしないのよ。乳首も後にとっておくの。焦らすように外側から……やさしい手つきで……」

掠れた声でダメ出しは受けたものの、愛撫を拒絶されたわけではない。それを励みに、洋介は触れるか触れないかのフェザータッチを心がけ、女体のあちこちを掃いていった。

「そうよ。身体の中心部から、なるべく遠くから……。んふうぅ、ああ、上手よ。そう。上手ぅ……うっとりしてきちゃう……」

ゆっくりと人妻が仰向けに横たわっていく。それを追うように女体に覆いかぶさる。残されたスエットズボンとパンツを器用に脱ぎ捨て、洋介も全裸となった。

「んんっ……ふうんっ……ああ、洋介くん、キスもちょうだい……」

求めに応じ、女体を触りながら唇を重ねあわせる。

ねちょ、くちゅっ、れろん、じゅるじゅるじゅる——。

のりかの発情具合を見定める濃厚なキス。洋介の舌は、器用に人妻の口腔中を這いまわり、粘着質な音を響かせて舐めつくした。

「んくっ、はふうっ……ちゅずずちゅ……あんっ、ふむううう」

小指が、小さく蠢いている。痺れが指先にまで来ているのだろう。

「ああん、こ、腰が疼いちゃうっ……。身体に力が入らないわ……」

ひくひくっと女体が震える。人妻の性感帯のありかが、指を這わせることで明らかになっていく。けれど、洋介は彼女に教えられた通り、すぐにはそこを責めようとせず、遠回りをしてから思い出したように、その場所に舞い戻るのだ。

「あぅ……んん……ああ、どうしよう……ほんとうに気持ちよくなってきたわ……」

滑らかだった肌が、ぷつぷつ粟立《あわだ》っている。白い女体が、はんなりとピンクに染まる。

洋介はもっとのりかに感じて欲しくて、唇でも女体を愛撫しはじめた。それも、いきなり吸いつくのではなく、甘く唇の先でつまむように、舌先でつーっと這わせるように、繊細にあやしていくのだ。

「くうっ……んっ。ねえ、もうそろそろ、おっぱいにも……」

ようやくのお許しに、下乳のあたりから丸いフォルムをすすっとなぞる。

ひくんと細い顚が天を仰いだ。

朱唇があえかに開き、甘い吐息をついた。

「ううぅっ、あっく……そうよ。ああ、上手ぅ……おっぱい気持ちいいわ……」

びくんっと女体が震え、ふるるるんと乳房がやわらかく揺れる。

「リンパの流れを意識して、副乳のあたりにも指先を……あううっ……」

教えられる通りに、脇から下乳の丸みまでの曲面を手指に捉え、やさしく揉み込む。同時に、膚下から立ち昇る甘美な匂いを肺いっぱいに吸い込み、舌を伸ばして首筋を舐めあげる。汗ばみはじめた肌には、官能成分が滲んでいるのか、ぴりりと舌先が刺激された。

「ああ、そうよ。感じるわ……」

乳肌がざわざわと毛羽立ち、きゅうっと乳首がしこりを増していく。

「なんてすばらしいおっぱい。このおっぱいが放っておかれただなんて……」

なおも優しく乳房を弄ぶ洋介に、のりかは艶かしく身悶える。人妻の熟れきった肉体は正直なのだ。

「あん、どんどん敏感になってきちゃう……。そろそろ好きに責めていいわよ……」

眦の色っぽいほくろが、許してくれた。

洋介は、右乳のやや外側に舌先をあて、艶光する表面をつつーっとすべらせていく。

もう一方のふくらみは、手指で揉みはじめる。

いきなりは強くせず、デリケートなものを扱う手つきで、徐々に大胆に。

「のりかさんのおっぱい。すごい。手にしっとりと吸いつきます」

たまらずにのたうちはじめる女体。むっちりとした太ももを擦り合わせている。

「あっ、あああん、いいわっ。ねえ、お願い。乳首もいじってぇっ」

そそり立った乳首が、滲む汗にまみれ金色に輝いている。

悩ましい痴態に目をみはりながら、その望み通りに狙いを定めた。

「ああ、のりかさんの乳首、いやらしい……」

ぷりぷりとした乳圧の頂点で、淫らにしこる乳首。下乳からツンと尖ったその頂点に向けて、ずずずずっとなぞりあげる。指先をすぼめ、最後に乳首をきゅっと摘みあげた。途端に、美乳がブルンと震え、さらに尖りが増す。

「うわあ、派手に震えて……。人妻って、ものすごくいやらしいんですね」

「ああ、いやあ。言わないでぇ……」

恥じらうのりかに調子づき、朱に染まった小さな耳に暗示を吹き込んだ。

「もっともっと、気持ち良くしてあげます。俺の手で、敏感になってくださいね」

「ううん、いやあ、これ以上されたら、おっぱい、おかしくなるぅっ」

なおも乳房を犯してやると、取り乱すように頤が振られた。むずかる人妻に反し、薄い女体は、大胸筋を緊張させ、高まる内部圧力に乳丘をむりむりっと持ち上げさせ、ただでさえ大きな丸みをボンとひと回りも膨張させるのだ。

「うわあすっげえ！　乳首のポツポツが浮き出てる」

頃合いと見定め、鳥肌立った乳肌を親指と人差し指の股の部分でしごきあげた。すると乳房は、さらにその内圧を高め、ぷりぷりっと音を立てるように盛り上がる。

「おっぱいってこんなにハリ詰めるんですね。色もこんなにピンクに。感度もすごい」

「あ、ああん……はぁああ……っ。お、おっぱい、あつぅいっ……」

くびれと丸みの悩殺ボディが、もうたまらないといった感じで、悩ましく揺れた。眉根をぎゅっと寄せ、人妻は押し寄せる悦楽を耐えている。

「ねえ、次はどうしたらいいのですか？」

探究心旺盛に洋介が尋ねると、人妻は恥じらいの表情を見せた。

「おま×こ……のりかのおま×こを……」

淫蕩に潤みきった瞳は、泣いているかのよう。それでいて、次なる責めを期待して、太ももをモジつかせている。

「おま×こだけじゃあ判りません。おま×こをどうすればいいんです？」

「舐めて……ああ、のりかのおま×こを舐め舐めしてぇ……」

ツヤツヤに紅潮した頬。扇に広がる栗色を帯びた髪も、じっとしていられない女体と共に色っぽく左右に揺れている。

「かしこまりました。では、舐め舐めですね」

洋介は、のりかの下腹部に回り込み、伸びやかな美脚をM字にたたませた。

ももを割り開くと、男にはない妖しい魅力にあふれた造形がひくひくと蠢き、洋介を誘った。

「ひうっ……！」

丸みを帯びたお尻が持ち上がる。発情乳房が、激しく上下した。

じゅぶじゅじゅ、ぶぢゅちゅちゅっ――。

熟しきったざくろのようなヴァギナに唇をつけ、滴り落ちる透明な淫汁をいきなり吸い上げた。

これだけ濡れ散らかしているならば、もはや焦らす必要もない。

「ん……ふああ、ああん、ああ、あああぁ～～ん、ああ、あぁぁ、あああぁ」

あられもなくオクターブを上げていく嬌声。くんと腰が持ち上がり、洋介の唇に押し付けるようにいやらしくのたうちはじめる。

「あううっ、あん、ああぁ……もうだめ、のりか、ふしだらに堕《お》ちちゃうぅっ」

切羽詰まった様子で人妻が啼いた。熟脂肪をうっすらとのせた女性らしいおなかが、艶めかしくうねっている。

「気持ちいいんですね。のりかさんのこんなに乱れた姿を見られて、俺、幸せです」

洋介はジューシーに潤みきったクレヴァスから唇をどかせ、首だけ伸ばして美貌を覗き込んだ。

のりかは口をあえかに開き、唾液に光る薄紅の舌を蠢かせている。ハアハアと荒い吐息が吐かれ、甘いフェロモンを振りまいていた。

「そうよ、気持ちいいのっ……もうのりか、イキそう……っ！」

「イキそう？　俺に、おま×こ貪られて、イッちゃうんですね？」

美貌の人妻が絶頂を迎えようと言うのだ。鳥肌がたつほどのうれしさが込み上げる。

「イっていいですよ。　ほらここも、あやしてあげますね」

洋介は、再び股間に顔を近づけ、赤く充血した小粒の宝石を舌先に捉えた。

「ああ、クリトリスなんて……あん、ダメなの、そこ……感じすぎちゃううっ！」

紅潮した頬がぶるぶるっと震え、極まったように叫んだ。

しこった女芯をぞろりぞろり舐めあげると、再び腰が持ち上がる。そのまま自らも腰を揺らしてくる。人妻の恥じらいを捨て、洋介が与える愉悦に溺れている。

「ふごい！　はむはむ……塩辛いのに……おま×こ甘い……レロンベロベロ……」

陰唇全体を口に捉え、もぐもぐさせると、艶やかな腰つきが激しくくねまわる。

「あ、あ、ああ……はん、うふっ、ふぅん……ふはぅ、うあ、あ、ああぁ」

洋介はさらに、肉萌の頭をくりくりと捏ねまわした。

「だめ、もうだめ、イクっ、おま×こ、イクうううぅっ！」

女体がぎゅいんと大きく反りあがり、美しいアーチを描いた。女陰に取りついた洋介に、肉土手を押しつけるかのような絶頂衝動。薄紅に染まった美麗な肉のあちこちが、ひくひくと蠢いている。

激しくその身を官能の業火に焼き尽くされ、のりかは呼吸すら止めている。

やがて、高く持ち上がったお尻が糸が切れたようにどすんと落ちた。

7

「上手にできるじゃない……。人妻をこんなに乱れさせるなんて」

達成感と女性を支配した満足感に、洋介は感動すら覚えていた。

誇らしくも、男としての自信が湧いてくる。けれど、やりたい盛りの洋介が、美貌の人妻が達する姿を見せつけられたまま、冷静でいられるわけもない。

「ああん。ごめんなさい。君だって、もう限界よね。いいわ。させてあげる」

痛いまでに膨れた肉塊を幾度も握りしめる洋介を、のりかは気遣《きづか》ってくれた。

「教えてあげるとは言ったけど、Hまでするつもりなかったの。でも、いいわ。素直に君が欲しい……君のこの熱く硬いおち×ちんで、のりかをたくさん可愛がって」

「本当に良いんですか？　ご主人がいるのに……」

「あん。夫のことは言わないで。今はひとりのおんなでいさせて……」

妖しく瞳を濡れさせ色っぽく媚を売るのりか。ヨーグルトのような甘酸っぱい淫香も、牡獣の興奮をさらにかきたてる。

「うれしいです。人妻ののりかさんとさせてもらえるなんて」

未だのりかの股間近くにあった顔を持ち上げ、洋介は腕の力だけで体の位置をずらしていく。

汗の滲む肌が発情色に染まり、ゾクリとするほどの官能が浮かんでいる。

「うふふ。洋介くん……緊張した顔をしてる……可愛いのね」

しなやかな両足が大きく左右にくつろげられ、洋介の腰部の自由度をあげてくれる。屹立した肉棒を充血したクレヴァスにあてがい、ぐぐっと腰を押し出した。けれど、ぬかるんだ花びらの表面を擦っただけで、上手く挿入《はい》らなかった。

「くすくす……。どうしたの？　童貞君みたい。そんなに焦らないの。ほら、ここ。無理に押し進めずにゆっくりとヴァギナを味わうように……」

マニキュアの煌《きら》めく細指が肉竿に添えられ、秘孔へと導いてくれた。

「んっ……ああ、そう。そうよ、そのままゆっくりと」

ぢゅちゅぶぢゅっと卑猥な水音を残し、切っ先が濡れそぼった帳をくぐる。

「んふうっ……は、挿入《はい》ってくるっ……洋介くんが……のりかのなかに……っ」

ぎちぎちに堅くした亀頭部を、ゆっくりと蜜壺に漬け込んでいく。ズズズルッとヴァギナの天井を擦りながらめり込ませる。

絶頂の余燼《よじん》が残る女陰は、ざわわと蠕動をはじめ、早くも洋介を蕩けさせる。うねりと適度なザラつきが、的確にペニスを追いつめてきた。

「……んふぅ」

のりかが悩ましく喘ぎを漏らした。たわんだ柳眉と深い眉間の皺が、色っぽい。

ぐぐっと頤を天に突き出し、苦痛に耐えているようにも見えるが、彼女を襲っているのはまるで正反対の感覚のはず。その証拠に、乳房がきゅっと堅締りして飴色の乳首を勃起させていた。

「ああ、大きくって堅い……。夫よりもずっと大きいわ……」

「のりかさんのおま×こもいいです……熱くって、うねうねしていて……」

締めつけが強い訳ではないが、その分やさしく包みこまれる感触がある。密に折り重なった肉襞が、甘く快楽へと誘ってくれる。

半ばまで埋まっただけなのに、急激な射精衝動に襲われた。このままでは漏らしてしまう。焦った洋介は、きつく歯を食いしばり挿入を中断させた。

「どうしたの、まだ途中でしょう？　いいのよ、もっと奥まで入ってきても……」

あだっぽい腰部がくいっと浮き上がり、洋介をさらに奥に誘う。

「あん、久しぶりだから……子宮が疼いちゃうぅ……」

その言葉通り、充溢を悦ぶ肉襞がペニスを包み込んで離さない。

「うお、おあ、や、やばいです。気持ちよすぎて、もう発射しちゃいそうです」

目を白黒させながら、全身を駆ける快美な愉悦に痺れる。

「こら、若いのにだらしないぞ。そんなにのりかは、いいのかしら？」

「ヤバすぎです。おま×こ全体がうねって絡みつくんです」

美貌が美しく紅潮する。よほど褒められたのが嬉しかったのだろう。きゅうんと膣肉までが窄まった。

「嬉しいことを言ってくれるのね。でも、もう少しだけ頑張って……。男なら余裕がなくても、あるように見せるのよ。相手の顔をさすったり、髪をなでたりして自分の気持ちを落ち着かせるの」

どこまでも、のりかは先生でいてくれる。

教えられた通り体温の高い掌で、彼女の頬や髪を愛しげに撫でていった。

「さあ、全部、挿入してのりかを君の色に染めてちょうだい」

温かい励ましが胸に沁みる。この素敵な女性を、なんとしても自分のペニスでもイカせたいと思った。

「ああ、のりかさん」

勇気を与えられた洋介は、下唇を噛んでさらに腰を進めた。

ずぶぢゅるるるっと猛りきった肉棒を最奥まで送り込む。

鈴口と子宮口が、コツンと出合い頭にキスをする。腰がのりかの恥骨にあたり、ようやく前進運動を止めた。

「んんっ……。は、挿入《はい》ったわね……。ああすごいわ、奥にまで届いちゃってるぅ」

「あ、ああ、凄い。根元まで咥えられて、お、俺……」

細腕が首筋に絡みつき、やさしく抱き寄せてくれる。ふんわりとしたマシュマロ乳房が、胸にあたり心地よい。堅く勃《た》った乳首が、甘くなすりつけられている。人妻が持てる全てを使い、洋介を悦ばせてくれていた。

情感に突き動かされ洋介は、蕩けた表情で見つめてくるのりかの唇を掠め取った。

「ふむう、あふう、むむんっ」

口腔に舌を挿し入れ、唇裏の粘膜や歯茎を夢中で舐めすする。

「あんっ、激しいキッス……ふむぉうぅっ……そんなふうに求められるの、嬉しい」

あふれ出した涎が口唇の端からツーッと糸を引いて零れ落ちた。

「ふおん、はあああっ、ふむむむっ」

髪の中に指を挿し入れ、情感を込めてくしけずる。

湿度たっぷりの情交に、時間さえも忘れ、洋介はねっとりと溺れた。

「のりかさんとのSEXもう最高。のりかさんとこうなれて、俺うれしいです！」

心からの快哉《かいさい》を叫んで、美貌のあちこちに唇を押し付ける。

「うふふ。ありがとう。私もこうなれてよかった。私ね、お姉ちゃんたちに嫉妬していたの。私よりも若い男の子が、お姉ちゃんに夢中になっているんだもの。おんなとして羨ましくって……。だから、君を誘惑しちゃったのね……」

洋介はここでも聞き上手の本領を発揮して、やさしくのりかの髪をくしけずりながら聞いている。

「でも、本当に良かった。君は私におんなであることを思い出させてくれたわ。ねえ、もっとぎゅっとして……。苦しいくらい抱きしめられるとおんなは弱いの……」

求められるがまま、ぎゅっと女体を抱きしめた。首筋にすがりつくのりかの腕にも力がこもる。

互いをきつく抱きしめあい、舌と舌をねっとりと絡み合わせ、性器同士を深く交わらせ、二人はこれ以上ないほどに一つになった。

「ああ、幸せ。おんなでいられるって、なんて心地いいのかしら……」

「俺も幸せです。SEXってこんなに幸せを感じられるものなのですね……」

再度耳元で囁くと、女体がじゅわじゅわーっと濡れを増し、ガクガクと痙攣した。のりかの心が蕩け、しとどな汁気となって溢れたのだ。同時に、軽い絶頂まで呼んだらしい。

「すごい……腰が痺れて、お尻が震えちゃう……熔ける、ああ、熔けちゃう……」

唇をわななかせアクメを極める人妻。その強烈な喜悦に、首筋に艶めいた筋を浮かばせている。

しかし、洋介とて深い悦びは一緒だった。際どく射精だけは免れているが、なぜそうできているのか我ながら不思議でならない。

「うそみたい。挿入されているだけで、イッてしまうなんて。こんな経験、初めて。ああ、いいわっ。素敵よ洋介くんっ！」

洋介とのりかは、快感神経を直結させ、互いに蕩かしあっている。

心をつなげることが互いの多幸感につながり、深い悦びを得られるものだと、のりかは身を以て教えてくれるのだ。

「洋介くん、もうそろそろ限界のようね。いいわよ、動かしても」

最後までのりかは、教えてくれるつもりらしい。

同時に、彼女は掌をギュッと握り締め、すうっと一呼吸着いた。

律動を求める気持ちはのりかも一緒らしく、揺蕩《たゆた》う官能をなだめつつ抽送に備えたのだ。

「ありがとう、のりかさん。それじゃあ動かしますね……」

ゆっくりと肉竿を引くと、情の深い肉襞が「行かないで」とすがりついてくる。亀頭エラの寸前まで抜き取り、思いのたけをぶつけるように奥まで埋め戻す。

ぢゅぶぢゅる、ぢゅちゅるる——。

湧き立つ湿った音が、そのままぞわぞわっと洋介の快楽になる。

ゆっくりとしたペースで三浅一深の腰使い。振幅ごとに、股間に射精衝動が蓄積されていく。

「ああ気持ちいい……。前後するだけでなく、腰を捏ねて……あん……あぁ、そう、そうよ……浅いところでも捏ねまわして……ああんっ」

眦のほくろが淫靡に誘う。

「のりかさんの極上おま×こ。ぐずぐずにぬかるんでいて、すごく熱い！」

「それは……んんっ……のりかの身体に火が……っ、着いちゃったから……」

十分以上に潤滑なのに、膣襞が勃起にひどくざらつく。きついとか狭いのとも違ったゾクゾクするような快感に、背骨がずぶずぶに溶け崩れてしまいそうだ。

頭の中が真っ白になった洋介は、本能だけで激しい抜き挿しをはじめた。

「あぁ、あ、んぁ、そ、そんなに突かないで……」

「ぐわぁっ……だ、だめです……気持ちよすぎて……俺もう！」

「ああん、射精《で》るのね……のりかも、もうイキそう……ああん、もう、どうにかなっちゃうぅっ」

むっちり太ももが洋介の腰部で交差して、淫らな練り腰が開始される。

「うわああっ、のりかさんの腰つき、すっごいです！」

くねる艶腰に合わせ、洋介も深挿しに深挿しを重ねる。

「ああん。たまんないわっ……奥で擦れるぅっ……ほううっ、子宮が破れそうっ」

のりかの艶尻が浮き沈みを繰り返す度、真空に近い状態の膣肉が精液を搾り取ろうと、ヌチュチュ、ヌクプッと吸いついてくる。

本性を現した人妻の淫蕩さに見惚れながら、うねり狂う蜜壺に激しく抜き挿しした。

「ほううう……ひあ、ふうん、ふぅ、ふああ……あんっ、ああんっ、ああっ！」

よがり狂う美貌が激しく左右に振られる。豊かな乳房がゆっさゆっさと縦揺れを起こし、白い女体が悩ましくのたうった。

「ひっ……イクぅう!!　ああっ、イクぅうう……」

女体のあちこちを痙攣させて、派手なイキっぷりを晒すのりか。白い背筋がぎゅいんとエビ反り、ペニスへの喰い締めがひときわ増す。

「イッて……ああ、君も一緒にぃっ！」

あられもなく人妻が受精を求める。膣圧がバルーン状に膨らみ、種付けに備えた。

アクメに強張った美貌が、のど元をくんっと天に晒す。イキ涙に潤む極まった表情は、美しくもいやらしい。

「射精《で》ますっ。のりかさん、ぐぅおおおおおぉっ！」

歓喜の瞬間を迎え、雄叫《おたけ》びをあげた。

迫《せ》り上げる快感の大津波に、なす術もなく呑みこまれる。

「来て、ああ、来てぇ……のりか、イクの止まらない……だから君も……」

イキ恥にもみくちゃにされ続けの人妻が、早く、早くと促している。灼熱の白濁を子宮に浴びて、おんなの本能が満たされるのを望んでいるのだ。

「のりかさん、うおおおっ、のりかあああぁっ……」

上半身をべったり女体に張り付け、力いっぱい抱きしめた。極上の抱き心地を味わいながら、菊座の縛《いまし》めを一気に解放した。

びゅるるるっ、びゅびゅっ、どびゅどびゅびゅびゅ――。

断末魔のペニスが子宮口付近で、子種を流し込みながら踊る。

たどり着いた何ものにも代えがたい悦び。凄まじい快美感に、全身に鳥肌が立つ。

「ふうん、はうん、おううううううっ！」

受精の瞬間、のりかもまたエクスタシーの悦びを謳《うた》いあげた。発情色に染まった女体が、ガクン、ガクンとアクメ痙攣を起こしている。啜り泣きをこぼしながら、多量の精子を子宮でごくごくと呑み干してくれるのだ。

しばしの空白の後、のりかは、浮かしたままの艶腰をどっと落とした。

ぼーっと瞼まで赤く染めながら、その美貌をさらに輝かせて、洋介の首筋を抱き寄せてくれる。

「よかったわ。本当に素敵だった……。心の傷までが癒《いや》された気がするもの……」

蜜肌に汗を噴き出させながらも、微笑んでくれている。

熱い情交の後にも満ち足りた悦び。確かめあった愛し合う意味とその悦びを、二人はうっとりと噛みしめた。

第三章　セレブ妻の依頼

1

五月晴《さつきば》れの祝日。

ゴールデンウィークの学生街は、いつもより人通りが少なく閑散としている。

レジの前で洋介は、込み上げるあくびをかみ殺した。

「ふあうう……。久しぶりにヒマだなあ……」

商品の問い合わせメールや注文のチェックを済ませ、ホームページを一通り眺めてからスリープモードをクリック。

凝《こ》った首筋を揉んでから、両腕を天へと突き上げ背筋を伸ばした。

太ももがデスクに当たり、積み上げられた本の山がぐらつく。

「うわっとっと……」

あわてて本を押さえ、元の通りに積み上げた。

「セーフ！　本の雪崩《なだれ》にコーヒーカップが飲まれるところだったよ」

未然に大惨事を防ぐことができ、安堵《あんど》した洋介にあやねがくすくす笑った。

「洋介さん。最近、独り言が多くなったわね。店番をしているとそうなるのよねえ」

すぐ近くのデスクで、あやねが本のビニール掛けをしていることを忘れた訳ではない。むしろ、意識し過ぎなほど、意識している。にもかかわらず、独り言が出るのは、それだけ維新堂に馴染《なじ》んだ証拠かもしれない。

「えへへ。ですね」

もう一度首のあたりを揉みながら、あやねに笑って見せた。

たくさんの本に囲まれた空間で、ゆったりとした時間が流れる。こんな穏やかな昼下がりは、何ものにも代えがたい。

と、そこに一人の女性客が、店の戸をくぐってきた。

「いらっしゃいませ」

あやねと洋介が声を合わせる。

店の中を見渡すその女性は、学生客が多い維新堂には珍しい空気を纏っている。

年のころは二十七～八。落ち着いたモノトーンのワンピースを上品に着こなす装いから、恐らくは人妻。それもセレブな若奥様といった風情だ。

ぱっちりとした瞳は、わずかに垂れ目気味ながら、それが彼女のやわらかな雰囲気を印象付けている。

鼻腔の小さな鼻は、可愛らしくも小さめ。口も小さいわりに、唇がふっくらとしていて、美しい花弁のようだ。

卵形の小顔に、それらのパーツが上品に並び、広めの額と対照的に細《ほ》っそりした頤が、おんならしさを強調している。

頭の真ん中から左右に分けた明るい色調の髪を、胸元や肩先で華やかに踊らせ、優雅な足取りでこちらの方へと歩み寄ってくる。

「あのう……」

三姉妹とはまた異なる美しさを持ったその女性客が、洋介に話しかけてきた。

ポーッとなって見つめていた洋介の鼻先に、バニラ系の香りがふわりと漂う。

「は、はい」

返事をしたまでは良かったものの、喉から出たのは裏返った声。「こほん」と軽く咳払いしたところに、「はい。どういったご用件でしょうか？」と、あやねが口を挟んできた。

いつの間にか洋介の脇に立ち、作り笑いを張りつかせている。

身体を陰にして伸ばした手が、洋介の腕をむぎゅりとつねった。

可愛い悋気を表す女主人に、そうとは知らぬ女性客が訝《いぶか》しげに首を傾げる。

「ああ、ええと、ご用件をどうぞ……」

洋介は痛みをこらえ、その女性を促した。

「本を探してほしいのです。どんな本でも見つけ出してくれると、ここの評判を耳にしたものですから……」

思いがけず真剣な声だった。

「どんな本でもというのは大げさですが、大抵の場合はご期待に沿えると思いますよ。それで、どのような本をお探しですか？」

訳ありの様子に、少しでも彼女に安心を与えたくて、洋介は言葉を選んだ。

「あの、それが著者も、タイトルも判らなくて……それでも見つかるでしょうか？」

彼女の言葉に、洋介は思わずあやねと顔を見合わせた。

「何か事情がおありのようですね。詳しくお聞かせ願えますか？」

傍らのあやねが、椅子を運び彼女に勧《すす》めた。

その女性は、友野志穂《とものしほ》と名乗った。

維新堂の評判を聞きつけ、地方からわざわざやってきたのだと言う。

「探しているのは、私が幼いころに亡くなった父が、好んで読み聞かせてくれた本なのです……。ずっと探していたのですが、どこの書店でも図書館でも、著者もタイトルも判らないと難しいと……」

「ああ、なるほど。そういう訳ですか」

「そのお話の内容は、どのようなものですか？」

親身になって話を聞く洋介。あやねも真剣な表情で、話に耳を傾けている。

いつしか志穂は、記憶を頼りにストーリーを説明しはじめた。

それをヒントに、膨大なタイトルから求める本を推理していく。

その本は、絵本で、日本の作家のものではなく、海外の作品だった。

志穂の年齢を尋ねると、三十一だというので驚いたが、出版年代も絞れてゆく。

メジャーなタイトルであれば、普通の書店や図書館で思い当たる人もいたはずということも、貴重なヒントに違いない。

「もしかすると……」

とある本に思い当たったあやねが、そのタイトルを口にする。

「ええ、俺もそうじゃないかと……。けれど、そうなると翻訳は三パターンほどあったはずですが……」

洋介は、スリープモードのノートパソコンを立ち上げ、検索エンジンを呼び出した。

「ああ、やっぱり。三人の翻訳があります。うーん。どの本も映像はありませんね」

いずれも絶版になっているため貴重な本であり、だからこそ、彼女も見つけることが叶《かな》わなかったのだろう。

「もう一度、ストーリーを話してもらえますか？　どんなシーンが絵になっていたかもお願いします……」

翻訳者の変更に合わせ、絵の作者も変わっているため、どのような絵が添えられていたかも大きな情報になる。

志穂も何度か話しているうちに、うろ覚えであった部分が徐々に鮮明になり、それがどの翻訳者の手になるものかを絞り込むことができた。

2

「ぜひお会いしてお礼をしたいので……」

志穂が来店して二十日程を経《へ》て、洋介は探し当てた本を手に彼女の家の前に立った。旅費の支払いを条件に、是非本を届けて欲しいとの依頼があって、洋介は心躍らせながらここまでやってきたのだ。

出張先での甘いアバンチュールは、夢想でしかないと承知している。そうと判っていても美しい志穂を目の前にすると、心臓が早鐘のように高鳴った。

「わざわざ来ていただいて……」

出迎えた志穂は、相変わらず美しく、大人の魅力にあふれている。

「いいえ。こちらこそ。思ったより本の入手が長引いたうえ、予想よりも高くついたにもかかわらず、ここまでの旅費まで見ていただきまして……」

リビングに招き入れられた洋介は、革張りのソファーで居ずまいを正している。

想像以上に、何もかもが高級そうで圧倒された。第一印象のとおり、家の大きさといい、調度品といい、まぎれもなく彼女はセレブ妻だった。

ゆったりとした白いブラウスに、ベージュのタイトスカートとカジュアルな装いをしている志穂なのに、やはりセレブオーラで眩しいばかりだ。

洋介は、彼女が対面キッチンでお茶の用意に立ち働く間もずっと、その姿を目で追った。ただ彼女を見ているだけで、幸せな気持ちになれるのだ。

志穂の方も、熱視線に気づいている様子だが、何も言わずに穏やかな笑みを浮かべている。大人の女性の余裕というものだろうか。

コポコポとお湯の湧く音。ソーサーとティーカップが奏でる軽やかな音。きゅきゅっと床を踏む音。彼女の存在を告げる全ての音が、洋介を愉しませてくれる。踊り出したい気分にさえなるのだ。

「本当にお世話になりました。とっても感謝しているの」

優雅な身のこなしでティーカップとケーキの載った皿をガラステーブルに並べていく。バニラ系の甘い匂いが、ふわんと濃厚に漂った。志穂が吐いた息を吸っていると思うだけで、血液が妖しくざわめいてくる。

どぎまぎしながら視線を泳がせると、前かがみになったブラウスの隙間から胸元が覗けることに気がついた。落ち着いたベージュ系のブラジャーに包まれた胸乳は、それでも肌の半分ほどが露出している。

(うわっ、大きなおっぱい！　着やせするタイプなんだぁ……)

濡れたような光沢を放つ乳白色が、眩《まば》ゆいくらい艶《なまめ》かしい。

けれど、至福の時間はそれほど長く続かない。人妻が身体を起こすと、それきり胸元は隠されてしまった。それでも、ブラウスの稜線は、充分すぎるほど魅力的で、どうしてもそこから目が離せない。

そんな洋介の様子など気にも留めない様子で、志穂は対面の革製のソファーに腰をおろした。

「紅茶とケーキ、どうぞ召し上がれ。あっ、若い人にはコーヒーの方が良かったかしら……」

とても三十路になど見えない彼女が「若い人」と口にするのは、不思議な気がする。

「ありがとうございます。あの、どうぞ、お構いなく……」

何とリアクションして良いか判らず、洋介は形通りのあいさつを返した。

「お砂糖とミルク。お好みで使ってくださいね」

繊細な芸術品のような指が、砂糖壺のふたを開く。瞬間、またしても魅惑の胸元が覗ける。いけないことは分かっていても、どうしても視線がそこに吸い込まれる。

姿勢を戻す人妻と、図らずも視線がぶつかった。ばちばちっと火花を立てて絡み合い、容易に離れようとしない。

「あ、あの。こ、これが例の本です。間違いないかご確認ください」

困った洋介は、本題に話を進めた。

期待に胸ふくらませ、パアッと花が咲いたような表情を浮かべる志穂。さっそく細指でページを繰《く》ってゆく。

「ああ、これです。間違いありません。うれしい……」

キラキラと瞳を輝かせて本に見入る美貌を、洋介は飽かずに眺めた。

またこの仕事のうれしい一面と出会えた気がする。

「この絵にも、覚えがあります。文章もこんな感じ……」

涙さえ浮かべ、紅潮した頰を震わせる志穂に、洋介まで鼻の中がツンとした。

「まあ、洋介さんまで涙ぐんで……。うふふ、感激屋さんなのね」

目じりをティッシュで拭いながら、志穂が笑いかけてきた。

洋介は手渡されたティッシュで鼻をかむ。くすくすとさらに彼女が笑った。

(うん。志穂さんの涙も美しいけど、やっぱり笑顔が素敵だ……)

この美貌の人妻が笑顔でいてくれるなら、自分はいつでも道化になれる気がした。

「洋介さん。本当にありがとうございました……。ああん、ごめんなさい。どうぞ召し上がって。ここのケーキはとてもおいしいのよ」

勧められるまま、やわらかなスポンジにフォークを落とした。上品な味わいとなめらかな生クリームが、人妻の乳房を連想させる。

「おいしいです」

雑念を悟られぬように、洋介は笑顔を見せた。

「うふふ。そうでしょう。わたしもいただこうかしら……」

ケーキの載ったお皿を手に、志穂がソファーの上でスッと脚を組んだ。ベージュ系のタイトスカートからムチッとした太ももが覗ける。いやでも目がそこに引きつけられた。黒いタイツの細かい網目からうっすらと覗けるハッとするほどの白さ。

上品にケーキを口に運ぶ清楚なその姿すら、どこかしら艶いて見えた。

腕を動かすたび、大きく盛り上がったブラウスの胸元がふるるんと揺れている。のぼせるほどの色香にあてられ、いつの間にか会話が途切れてしまった。

またしても視線同士が絡みあうと、それが彼女の癖なのか、「んっ？」と細首を傾げる。その透明感溢れる仕草に、またしてもどぎまぎしてしまう。

思春期の頃に戻ってしまったような自分を、少しでも落ち着かせようと紅茶に手を伸ばした。

「あっ！」

持ち手をしっかり摘んだつもりだが、よほどボーッとしていたのだろう。口に運ぶ途中で、ティーカップが指から滑り落ちた。

零れ落ちた液体がズボンを派手に濡らす。もうそれほどの熱さではなかったが、反射的に「うわっちぃ！」と叫んでいた。

「まあ、大変！」

あわてて志穂が席を立ち、キッチンから布きんとおしぼりを手に戻った。

「大丈夫？　火傷していない？」

うっかりとカップを落としたのは洋介の不注意で、彼女は何も悪くない。にもかかわらず、志穂は「ごめんなさい」を繰り返しながら、濡れたズボンを拭《ぬぐ》ってくれる。

「まあ、こんなにびしょびしょ。ねえ、ズボンを脱いで……。このままだと、気持ち悪いでしょう？」

子供の心配をするような口調で、かしずくように世話を焼いてくれる。

甘い肌の香りが、より濃厚になって鼻腔をくすぐった。

「ズボンをって、ここでですか？」

どうしようかと戸惑う洋介を尻目に、人妻はズボンのベルトを外してくる。手慣れた手つきでチャックを下げられ、一番上のボタンも外された。

「ほら、お尻を持ち上げて」

指図される通り椅子の上で腰を浮かせると、一気にズボンを引き下げられてしまった。跪いた志穂の目と鼻の先に、パンツ一丁の姿を晒すのは気恥ずかしい。まるで、これから肉竿を咥えさせるような体勢なのだ。

「ほら、赤くなっているわ」

布きんをおしぼりに持ち替えた人妻が、赤くなった太ももにあてがってくれた。冷水に浸されたタオル地が、熱を持った肌に心地よい。

「ああ、ひんやりして気持ちいいです」

微かにヒリヒリしていた部分の痛みの感覚が麻痺していく。けれど、それよりさらに心地よいのは、太ももの裏にあてがわれている志穂の掌だった。

なめらかで、すべすべしている掌は、それでいてほんのり湿ったような感触。同時に、つきたてのお餅のようなやわらかさを持ち合わせている。その手に肌を触られただけで、背筋をざわつかせる微電流が走った。

もちろん口に出さず、密かに感触を愉しんだ。もも裏のその部分だけが妙に熱を帯びてくる。鼓動が高鳴り、顔が赤くなっていくのが自分でも判った。

（まずいなあ……）

床に跪き、文字通り手当してくれている美人妻。ブラウスの襟元から、またしても胸のふくらみが覗ける。

（うわあ志穂さんのおっぱいぃぃ!!）

上品な白のブラウスが、ふんわりとした乳房をそのまま連想させる上、斜め上からの目線ゆえに、その乳房のマッシブなふくらみが余計に強調されている。

（こんなすごいおっぱいをしていると、自分のお腹なんて見えないだろうなあ……）

十二分に手入れされた玉肌から、悩ましいまでに成熟した牝のフェロモンが感じられる。太ももにある手の感触と相まって、一気に胸が苦しくなった。

（まずい、まずい、まずいっ！）

もやもやとした思いをどんなに自制しようとも、魅力的な彼女の前ではどうにもならない。ズボンをずり下げているため、ただでさえ目立つにもかかわらず、洋介は節《せっ》操《そう》なくパンツの前を大きく膨らませてしまった。

3

（うわぁっ、どうしよう？）

はからずも志穂に見せつけるように膨らませてしまったペニス。さすがのセレブ妻も動揺を隠せない様子だ。

「ごめんなさい。ズボンまで下げさせたのは、やり過ぎだったわね……」

そう謝る美貌は、真っ赤だった。

ひどい失態であることは承知している。けれど、こればかりは意志の力で収まるものでもない。わずかパンツ一枚を隔《へだ》てた位置に、自らの男根と犯しがたい人妻が並んでいる現実に、興奮がいや増すばかりだ。

頬を赤らめ視線を外しているものの、志穂は太ももにあてたおしぼりを押さえ続けてくれている。すなわち、洋介の肉塊の存在を無視することはできないはずだった。

「あ、あの。こちらこそごめんなさい。こんな時に……」

「いいえ。殿方の生理は判っているの。わたしこそ、動揺してしまって……」

(そうだよな。やっぱり動揺するよな。ああ、だけど恥ずかしそうにしている志穂さん色っぽい……)

もっこりとしたふくらみから、もわもわと湯気を立ち昇らせてしまうのは、それほどまでに彼女が魅力的だからだ。

「洋介さん、大きいのね。それにとっても熱い……」

勃起肉の熱気にあてられたのか、つぶやくように志穂が言った。

いつの間にか、その視線が膨らみに張り付いていることに、洋介は戸惑いを感じてしまう。

「いやだわっ。わたし、欲求不満のおんなみたいね」

見上げるような視線は、まるで媚を売るかのようだ。

「あ、あの……」

「わたしのせいかしら……。洋介さん、わたしに反応してくれているの？」

清楚で貞淑そうに見えていた人妻の輪郭が、徐々にぼやけはじめた。

「え、あ、あの……。そうです。志穂さんがあまりに素敵だから、それにこうされていると、なんだか俺食べられちゃいそうで……」

お上手を言っているつもりはない。志穂の妖艶ながらも、どこかすがりつくような視線がそれを許さなかった。

「本当かしら？　洋介さんのような若い人から見て、わたしはまだ魅力的？」

「魅力的です。それは、俺のここが証明してます」

潔白をペニスで証明するなど、叱られそうだが、洋介は半《なか》ば開き直った。

「志穂さんは、俺なんかには手が届かない高嶺の花で。だからこそ、何でもない事でも期待して、みっともなく勃起させたりして……」

「みっともないだなんて、そんな。とっても逞しいわ。でも、いけない人。わたしをその気にさせるだなんて……」

魅力的な瞳が悪戯っぽく輝いた。あっと思う間もなく、セレブ妻の手指が勃起へと伸びてきた。

「えっ？　うわあぁっ！」

びくんと震えた腰が浮き上がりかけるのを、志穂の空いた左手がやさしく押し戻してくれる。

「うふふ。そのままじっとして……。洋介さんがいけないのよっ。こんなに勃《ふく》らませて……。ねえ、わたしのどこに魅力を感じたの？」

しなやかな人差し指が、ゆっくりとパンツの上をなぞっていく。肉感的な肉体が洋介に寄り添い、湿り気を帯びたようなシルキーボイスが耳元で囁いた。

「そ、それは、志穂さんの……」

甘い刺激に言葉を継げずにいる洋介に、今度は股間にゆっくりと円が描かれる。

「わたしのなあに？」

洋介の本音が聞きたいらしく、セレブ妻が勃起をやわらかく手中に収めた。

「あうううっ。し、志穂さんのやわらかい手指に、お、おっぱいも大きくて……志穂さんのどこもかしこもが魅力的で、それで俺っ！」

心地よい電流に打たれながらも、洋介は返答をした。

「まあ、わたしのおっぱいをずっといやらしい目で見ていたの？　いけない人……。うふふ、でも、うれしいわ。本当はわたし、自信を失っていたところだから……」

洋介の反応に感化されたのか、志穂は瞳をねっとりと濡れさせている。手淫が大胆さを増していくのもそのせいだろう。

パンツの船底に重々しく身をもたげる玉袋を、くすぐるようにあやしてくれる。右手では、肉幹を鷲掴み、やさしく握っては緩めるを繰り返している。

「夫が愛人まで作って……。男の浮気は仕方がないにしても、許せないのはわたしを家に押し込めたこと。ずっと事業をサポートしてきたのに、順調になり始めた途端、おんなは家を守れだなんて……」

怒りが込み上げてきたのか、勃起を弄ぶ手指にそれまで以上の力がこもった。

「あううっ、はぐうぅぅっ！」

愉悦に思わず唸りをあげると、手指の動きがまたやさしいものへと戻った。

「あん。ごめんなさい。痛かったかしら？　それとも気持ちが良すぎた？」

「お、俺、気持よすぎて……だ、だめです、そんなことされたら俺っ……」

「うふふ、どうなってしまうのかしら？」

緩急をつけた人妻の手練手管に、洋介は目を白黒させるばかりだ。

ソファーにのけ反る洋介に、その女体をしなだれさせて、女性特有の肉感を味わわせてもくれる。

「だからわたし、欲求不満なの……。こんなに若い子にときめくのだもの……」

浮気をされておんなの矜持をキズつけられ、やりがいのある仕事まで取り上げられて、傷心していたのだろう。父の思い出を辿っていたのも、あるいはその寂しさを紛《まぎ》らわすためであったのかもしれない。

素直に性欲を露わにする洋介の無邪気さが、志穂にとって再び自信と輝きを取り戻させる魔法のアイテムのように感じられたのではないだろうか。

「志穂さんは素敵です。美しくって、頭もよくって、それにこんなにエロい！」

「エロいってそれ褒め言葉かしら。でもいいわ。ありがとう。お礼にもっとエロいことしてあげる」

汗ばみはじめた首筋に、朱唇が押し当てられ、舌でレロレロとくすぐられた。

「あわわわっ……。気持ちいいっ。ああ、志穂さぁん！」

ようやく事情がつかめた洋介は、されるがままの受け身から、女体をぎゅっと抱きしめた。

「あん。だめよっ。まだ、わたしに触ってはダメっ！　節操のない洋介さんを懲《こ》らしめてあげるのっ……」

志穂が細腰を捩《よじ》り、淫獣の腕を逃れていく。「懲らしめ」は、志穂の洋介に対する言い訳だろう。甘えた口調がその証拠だ。

誘惑の昂奮に人妻が脳髄を痺れさせている。長らく守り通してきた貞淑を、スリリングにかなぐり捨てるのだ。

「いっぱい気持ちよくなっていいのよ……。志穂がしてあげたいのっ……」

若い男の子を喜ばせたい本音をセクシーにつぶやきながら、忘れかけていたおんなの本性を取り戻す志穂。その美女オーラは先ほどに増して眩《まばゆ》いばかりだ。

「洋介さんのおちん×ん堅ぁい……。それに、熱いわ。お擦《さす》りしているわたしの手が、火傷しちゃいそうっ」

ペニスを覆うように掌が縦にあてがわれ、肉幹を撫でまわされる。軽く押すような圧迫や、表皮を意識したずり動かしと、変化をつけた翻弄が繰り広げられる。

「あうあああっ……ぐうううっ、っくはあああっ」

男の生理を熟知した人妻の攻撃を、洋介は体を震わせてこらえた。けれど、その天にも昇る心地よさに、どうしてもその表情はとろんと緩んでしまう。

「ああ、洋介さんが、本当に気持ちよさそう……」

志穂は満足の笑みを浮かべながらも、さらなる刺激を加えてくる。親指と人差し指で、カリ首を摘むようにして、ぐるりと周囲をなぞられるのだ。

「おおおおうっ、ううぉ、ぐふううぅ、はぐううっ」

押し寄せる快感から逃れようと、洋介は顔をふかふかの胸元に押し付けた。その表情に煽られ、志穂も子宮が疼くのか、太ももをもじつかせている。

「し、志穂さぁん！」

切羽詰まった声を漏らし、びくんと勃起をやわらかい手の中で跳ね上げた。

「え、イッちゃったの？」

志穂がそう疑うのも無理がないほど、凄まじい快感と興奮に襲われている。けれど、ギリギリのところで、踏みとどまった。頬を紅潮させて発情を示すセレブ妻が、この先、もっといいことをしてくれそうで、懸命に耐えたのだ。

「ああ、洋介さん、かわいい！　こんな表情を見ていると……どうしよう……気持ちが溢れちゃうわ」

むずかる幼子のように洋介は、志穂の乳房に顔を擦りつけている。その昂る声と仕草に、初心な少年を見たのだろう。

「洋介さんのような赤ちゃんが欲しい……。いえ、あなたの赤ちゃんが欲しい」

微熱を帯びたシルキーボイスには、性行為を欲するおんなの媚が含まれている。子宮に新たな命を宿したい。唐突な欲求に、志穂自身が戸惑いながらも、どうしようもなく女体を火照らせているのだ。

「ねえ、洋介さん。わたしに触りたい？　いいわよ。好きにしても……」

禁じられてはいても、魅惑の女体に触れたくて仕方がない洋介は、ミツバチが花の蜜に誘われるがごとく、手を伸ばしてはひっこめてを繰り返していた。

「い、いいのですか？」

胸元に埋めていた顔を歓び勇んで持ち上げ、志穂の表情を窺った。

やさしく頷いてくれるセレブ妻も、洋介同様、蕩けんばかりの表情だ。

「うふふ。母性本能まで刺激されて、子宮がきゅんって啼いているわ……」

「うわあ、それじゃあ、志穂さん、じゅわわぁっとおま×こ濡らしているんですね？」

「もう、いやな洋介さん。ええそうよ。わたし、はしたなく濡らしているわ……」

淫語を囁いても、志穂の上品さは変わらない。そのふっくらとした胸元を、洋介はおずおずとまさぐった。抵抗も咎めだてもされないのをいいことに、その手つきを大胆にさせていく。どこまで許してもらえるか、びくびくわくわくしながらの楽しい探求だ。

「うふふ。大丈夫よ。全てを許してあげるつもりだから……」

恥ずかしげに囁きながら、志穂はうっとりと瞳を閉じた。

4

(ものすごく、やわらかい!)

完熟のふくらみは、ブラウス越しにもツンと上向いていることが判る。だからこそ、洋介はもっと張りの強い乳房を想像していた。事実、しなだれかかった時に、胸板に当たる弾力は相当なものだった。

にもかかわらず、いざ掌に収めてみると、驚くほどのやわらかさなのだ。それでいて内側から押し返すような心地よい反発がある。

(すごい! すごい! あやねさんのおっぱいも、のりかさんのもすごかったけど、志穂さんのおっぱい、超気持ちいい!!)

言葉にもできず洋介は陶然とした。

美妻の印象的な瞳が、ゆっくりとしたリズムで開いたり閉じたりを繰り返す。乳房を弄《いじ》られて生まれる漣《さざなみ》を、うっとりと甘受しているのだ。

（うわっ、志穂さん、ものすごく色っぽい……っ！）

これほど触り心地の良いおっぱいに、直接触れたら、どうなってしまうのだろう。

その瞬間を想い描きながらも、乳房から手を離すことがどうしてもできない。

「えっ！　し、志穂さん？」

人妻の掌が、そっと洋介の手の甲に重ねられた。驚くことに、もっと強くと促すように、洋介の掌ごと自らの乳房を揉みしだくのだ。しっとりとした甘手の感触と、ふるんとした乳肉のまろやかさが、熱く深く刻まれていく。

「ふうぅぅ……んんっ……おっぱいっ……志穂のおっぱいっ……洋介さんに揉まれているのねっ……はうっ、んんっ」

掌で双乳の裾野を上方へ押しつぶすようにしながら、左右すべての指でやわらかい山腹を思う存分こねまわし、揉みほぐしていく。けれど、ブラウスの下では、さらにブラジャーが手指と乳肌を隔てている。素晴らしい感触に昂奮はやまないが、やはりもどかしさも募《つの》った。

「どうしたの？　服の上からでは物足りなくなってきたの？　志穂に直接触りたいのかしら？」

即座に頷くと、洋介に寄り添っていた女体がゆっくりと持ち上げられた。

洋介の太ももに跨ったまま顔をいよいよ紅潮させて、志穂は白いブラウスのボタンを外しはじめる。全て外すと、前合わせを大きく開き、豊かな髪とともに彼女の肩の後ろへと落とした。

現れ出たのは、真珠のような魅惑の素肌。豊かなふくらみや、引き締まったお腹が眩しいほど輝いている。

「ああ、やはり恥ずかしいわ……」

腕に残るブラウスを自ら抜き取り、志穂が官能的な女体を捩った。

その素晴らしいプロポーションを、洋介は言葉もないままに見つめていた。

確かに、スレンダーに違いないが、セレブ妻は脱ぐと凄いのだ。よほど気を使っているのか、まるで年齢を感じさせないハリとツヤ。

女盛りに差しかかり、うっすらと熟脂肪を載せはじめているものの、かえってそれがたまらない色気となってそこはかとなく匂い立っている。熟れが及んでいるから、どこもかしこもが驚くほどやわらかいのだろう。それでいて、透明感溢れる色白の肌は、しっとりと瑞々しい。

「きれいだぁ……」

魅惑の上半身に、洋介は震えるほど感動していた。未だ、肝心な部分は隠されたままだと言うのにだ。

ベージュのブラジャーは、清楚な志穂らしく、バスト全体をホールドするタイプ。その深い谷間から、ふくらみの豊かさは伝わるものの、その全容は窺い知れない。

「これも外していいですよね。志穂さんのおっぱい見せてくださいね」

秘密のベールを暴くように、洋介はブラジャーを外しにかかった。

正面から両腕を回し、女体を抱きしめるようにして、背中のフックを外す。

はやる気持ちを抑えながらも、極上の抱き心地を堪能できる作業が愉しい。

ぷつっと軽い音を立てて、フックが左右に泣き別れる。

「うふふっ、意外と手慣れているのね……」

締めつけを緩めたブラジャーを、ゆっくりと両腕から抜き取った。

まろび出た乳房は、さすがにその重みに耐えかねて、わずかばかり垂れ落ちはしたものの、誇らしげに前に突き出ている。

もしかすると巨乳のあやねよりも、ボリュームがあるかもしれない。しかも十代の肌と見紛うほどのハリとツヤを湛えたロケットおっぱいなのだ。

「志穂さん、本当にお肌きれいです。おっぱいまでが純白でピチピチだ！」

上品な白さと透明感に満ちた乳肌。その頂点では、やや大きめな乳頭が、淡い紅を湛えている。

「見ているだけなの？　志穂に触らなくてもいいの？」

甘く促され洋介は、興奮の面持ちで、その乳房に両手を伸ばした。

「ああん！」

手汗の滲む狼藉《ろうぜき》に、シルキーな声が甘く掠《かす》れる。けれど、それっきり志穂は洋介の太ももの上、身じろぎもせずに、ただじっとして身を任せてくれるのだ。

剝き玉子のような乳房は、まるでワックスが塗ってあるよう。

掌で表面をきゅきゅっと磨けば、ふるるんと艶かしく揺れる。

（ああ、そうだった。いきなり触るんじゃなく側面から……）

のりかに教わったのをきっかけに、洋介は店番の暇にあかせて、古今東西の性技を扱った本を読み漁《あさ》っている。大抵は役に立たないノウハウだったが、中には試してみる価値のありそうなものも存在した。

それらの知識を思い浮かべながら、女体をぎゅっと抱き寄せ、その背筋に手指を這わせた。

すべやかな背中を、フェザータッチを心がけ、軽やかに滑らせていく。

「えっ？　あ、ああん……志穂、背中弱いの……ん、ふあぁ……」

手指がひらめくたび、ぴくん、びくんっと、妖しい反応を見せてくれる。その性感帯を見つけては、時に焦らし、時に大胆に、緩急をつけて発情を促していく。

「ほふうっ、ううん、あ、ああ……うん……ううん……」

右手だけを背筋に滑らせ、左手で身に着けているものを脱いでいく。艶《つや》っぽい吐息を漏らしつつ、志穂もその手伝いをしてくれる。

上半身裸になった胸板に、人妻の乳房がべったりと擦り付けられる。

首筋に、ふたたび朱唇が吸いついた。

「あうぅ……いいわよ。洋介さん。たっぷり志穂を味わわせてあげる。だから洋介さんも、志穂を感じさせて……」

色っぽく上半身をくねらせ、なおも乳房をなすりつけてくる。胸板に擦れた乳首がしこりを帯び、やわらかい中にもこりこりとした感触を堪能させてくれる。

「感じるよ、志穂さん。だから、いっぱい志穂さんも感じて……」

背筋から女体の側面に手指を移動させ、脇の部分や腹部の肌をあやしていく。

「ああ、洋介さん……」

蕩ける声が耳元で響き、そのまま耳朶《みみたぶ》を甘噛みされる。

びくんと背筋を震わせた洋介は、掌を下乳にあてがい直すと、そのまろみをやさしく撫で回した。

「うわあ、すっごいぃ！　掌が蕩けちゃいそうです」

感動の触り心地を手指に刻みながら、その容《かたち》を潰すようにむにゅりと揉みあげた。

「あっ……うっ……ううん……」

ゼリーのようなやわらかさ、プリンのような滑らかさ、スポンジケーキのような弾力、そしてゴムまりのような反発力が、心地よく手指の性感を刺激してくれる。

たまらず洋介は、はだけた胸元に吸いついた。

「志穂さんのお肌甘い……。上品なのに、こんなにすけべな身体なんですね」

「ああん、いや〜ん。すけべなんて嘘よお」

「嘘じゃありません。だって、ほら志穂さんの乳首、こんなにこりこりに尖っている。やらしいなあ」

乳肌をレロレロと舐めまわしながら、尖りを増してきた乳首を指先で弄ぶ。

「ああぁん……ち……くびぃっ……くりくりって触っちゃやだめよぉ……」

「それじゃあ、吸っちゃいます！」

唇を窄ませて、乳首を口腔に導いた。

「あん、そんな、あうんっ、乳首をそんな……ああ、そんなに吸わないでぇ」

べろんれろん、べろべろべろ、びちびちびちゅ――。

舌先を高速で左右させ、乳頭をなぎ倒す。

涎にぬるついた乳首を柔らかい粘膜に擦らせ、淫らな波動が胸元から湧き上がるように念じながら舐《ねぶ》りまわす。

「ああん、だめよ、ぞくぞくしちゃう。Hな電気が背筋に流れるのぉ」

「おお、志穂さんのエロ声。シルキーな声がオクターブを上げると、こんなに色っぽいのですね」

「ば、ばかあぁっ」

もう片方のふくらみを大胆に鷲掴みして、ゆさゆさ揺さぶったり、掌に揉み潰したりと刺激を加える。

「うふんっ……っくふぅっ！　ああ、そ、そこっ」

甘く身悶える女体を追って、なおも乳房を責める。このまま乳房でイカせてしまえるのではと、ニンマリしている時だった。

「えっ？　あぐうううっ！」

洋介の背筋に、戦慄《せんりつ》が走った。志穂の手指がまたしても股間部へ伸びてきたのだ。

しかも今度は、パンツのあわいから堅くなった塊を引きずり出され、直接握りしめられている。

やわらかな手指が淫靡に蠢き、巧妙な圧迫でもってペニスを弄ぶのだ。

「気持ちいいの志穂だけじゃいや。洋介さんにも気持ちよくなって欲しいの」

握りしめた勃起を、しごく動きすら見せはじめる。

「良いですよ志穂さん。二人でいっぱい気持ちよくなりましょう！」

負けじと洋介は、双の乳房を両脇から寄せ、大きな谷間を造らせると、両掌で肉房を鷲摑み、先端で咲き誇る薄紅の乳首をくいっと内側に向けた。

「うわ、やっぱり！　志穂さんのおっぱい大きいから、こんなこともできます！」

涎でねとねとになった二つの乳首同士を擦り合わせた。

乳頭が、互いをむにゅんと潰しあい、唾液の潤滑油にぬるりと滑る。

「あ、ああ、それだめっ……そんないやらしく弄ばないで……」

「ええ、だって気持ちよさそうですよ。それに、こんな愉しいことやめられません」

乳首同士をぶつけ合い、夢中で乳繰る洋介。

「はぁあん……両方ぅぅ……ああん、おっぱい溶けちゃうぅぅ！」

「本当にこの滑らかさは、溶けちゃいそうですね。でも、溶けちゃう前に俺が食べちゃいます」

今度は、口を大きく開け、寄せた乳首を二ついっぺんに含み、またしても高速の舌づかいで転がしてやる。

「そ、そんな両方舐めちゃうなんて……あ、あああぁ」

「なあに？　志穂さんも舐めたいのですか？　じゃあ、はい」

鷲掴みにした乳房を、ぐいんと上向きに持ち上げ、官能的な口元に運んだ。

「ああ、いけないわ、はむん……じ、自分でおっぱい吸うなんて……はうぅ」

上品な唇が、堅くしこった自らの乳首を含む姿は、あまりにも卑猥であり、凄まじく被虐的で、洋介の官能を根底から揺さぶった。

5

「し、志穂さん。俺、志穂さんが欲しい！」

セレブ妻の乱れ行く圧倒的な痴態に、洋介は矢も盾もたまらずに求愛をした。しっとりとした甘手に、ずっと勃起を弄ばれ続けているのも限界だった。

「志穂さんに挿入《い》れたいです……。もう出ちゃいそうで、どれだけ保《も》つか判らないけど」

「いいわよ。志穂も欲しい。洋介さんのおち×ちん……。志穂も、もうイキそうなの。ああ、だから膣内で……」

あれほど気品にあふれていた美貌を淫蕩に蕩けさせ、志穂はその細腰を持ち上げた。タイトスカートのボタンとファスナーを外し、すとんと床に落とすと、悩殺の肢体が露わとなった。

「いやだわ。洋介さん、目が血走っている……」

網目の細かな黒いストッキングが、ベージュ色のパンツを透けさせて、途方もなくセクシーな下半身にぴったりと張りついているのだ。

「志穂さん。すっげえ美脚なんですね……」

「いやよ。恥ずかしいのだから、そんなに見ないで。脱ぎ難《にく》くなっちゃうわ」

細腰をくねらせて、恥じらう人妻の何とも言えぬ色気。洋介は、思わずぎゅっと菊座を絞り、勃起肉を跳ね上げた。

「うふふ、待ちきれないのね……」

猛り狂うペニスに気づいた志穂が、ストッキングとパンティのゴム紐に手指をくぐらせ、一気にずり下げた。

女らしい丸みの艶腰の中央、こんもりとした恥丘を漆黒の陰毛がやわらかく飾っている。縮れた一本一本の毛は繊細で、けれど密に茂っているため全体に濃い印象。毛先に光る滴は、志穂がすでにたっぷりと潤っている証《あかし》だった。

「陰毛がきらきらしてる……」

うわずった洋介の声に、またしても美人妻は細腰をくねらせる。彼女自身、しとどに濡らしている自覚があるのだろう。

「そ、そうよ。わたしも待ちきれないの……」

素肌からは、ムンムンとおんなの誘う香りを発散させていた。発情によって醸《かも》し出される艶かしい匂いだった。

「志穂さん。待ちきれません。早く！」

洋介は、ますます眼をぎらつかせ、裸身に視線を張りつけたまま、自らもパンツを脱ぎ捨てた。

細長い手指に胸板をやさしく押され、再びソファーに腰を落とす。その太ももに跨るように、志穂がのしかかってきた。

「わたしにさせて……。今までにしたことがないような、ふしだらな格好で結ばれてみたいの……」

目を細め、ゆっくりとしなだれかかってくる志穂。対照的に洋介は、目をまん丸に見開きながら、ぶんぶんと首を縦に振った。

「し、志穂さん……お、俺！」

しかし、それ以上何も言葉が出てこない。情けないことに、どんどん妖艶さを増していく人妻に、圧倒されっぱなしだ。

「うふふっ。本当にうれしいわ。洋介さんとこうなれること誇らしくさえ思えるの」

大きな瞳がキラキラと潤んでいる。吐きだされた息は、熱く甘い。

ゆっくりと細腰を浮かせ、双の太ももを大きく開いて、自らの陰部を若牡に見せつけてくる。

「洋介さんのおち×ちんを、ここに迎え入れるのよ……」

淫らな牝孔に引き込まれるように、洋介は覗きこんだ。

純白の内ももはざまで、志穂のおんなが、くぱあ……と帳《とばり》を緩めた。じっとり濡れた膣粘膜が、洋介を誘う。淫靡でありながらも、どこか楚々とした雰囲気は、人妻の生まれついての上品さだろう。

「見て、志穂の恥ずかしいところ……。洋介くんが欲しくて、もうこんななのよ」

繊細な中指を膣口の両側からあてがい、自らの肉割れを大胆にくつろげる志穂。新鮮な赤みを帯びた粘膜が、奥の奥まで露わとなった。肉襞が複雑に折り重なり、女体の神秘を体現している。

「洋介さんだから見て欲しいの……。こんなこと夫にさえ、したことないのよ！　大サービスなんだからぁ」

茹でられたかと思うほど赤い顔で、照れ隠しにおどけている。

しなやかな左手をソファーの背もたれにつき、自らの体重を支えながら膣口に亀頭の先端があてがわれた。このまま対面座位で、交わろうというのだ。

「挿入《い》れるわ……っ」

美尻が、ゆっくり勃起に落ちてくる。

「し、志穂さん……！」

ついに入口粘膜が、切っ先に触れた。けれど、志穂は、すぐに迎え入れようとはしてくれない。触れあった粘膜同士をピッタリと着け、互いの体温を交換するのだ。

「洋介さんのあつぅい！　おま×こ、やけどしちゃいそう……」

勃起熱に煽られて、花びらがヒクヒクと収縮した。溢れ出た愛液が、タラーッと滴り亀頭を濡らす。

「ち×ぽがおま×こにあたってます。ああ、早く膣内に挿入《い》れさせてください」

情けなく懇願する洋介に、待ちわびた瞬間が訪れた。

みちゃっ……と、微かな濡れ音。寄せられる人妻の柳眉。

「うぅんっ！」

堅い先端が肉孔の帳をくぐった。けれど、大きくエラの張った亀頭を、簡単には呑みこめないでいる。

「あ、あぁ、おっきい……こんなに、なんて……んふ」

夫と没交渉な志穂には、洋介を受け入れるのは少しきついようだ。ペニスを浅刺したまま、何度も腰を上下に揺すり、人妻が少しずつ馴《な》らしていく。

「ぐはあ！　……うがあ！　……くふっ！」

亀頭を濡れた女淫に何度も舐められ、強烈な快感に苛《さいな》まれる。

「ご、ごめんなさい。わたし、久しぶりだから……もう少し、もう少しだから」

言葉に偽りはなく、志穂のおんなは、徐々に洋介を受け入れていく。一度慣れれば、次第に肉塊はヴァギナに沈みこんでいくのだ。

ぶちゅるるる、くちゅん――。

思い切ったように、さらに志穂が腰を進めた。ズッポリとはまったペニスを、なおも咥え込む。スライドと共に、凄まじい快感が、洋介の背筋を駆け上った。

「ぐひぃ……あぁ……志穂さんのお、おま×この、感、じ……すごいぃ」

ペニスだけが熱い湯に浸《つか》っているような感触に、うっとり洋介は目を閉じている。ぬめる肉襞が、猛る茎をくすぐり、絡みついてくる。当然快感は強い。でも、志穂の襞は、とても優しく洋介を舐めるから、快感は、じんじんとした痺れのようで、ゆっくり愉しむことができる。

じんわりとした快感は、やがて肉竿一杯に広がり、気がつくと、志穂の尻が洋介の根元に座っていた。やわらかな陰毛が、腹にこそばゆい。

「あううっ、す、すごいのっ。おま×こ、広がっちゃうぅ……」

上付きの志穂には、上反りの利《き》いたペニスがしこたまに天井を擦って、たまらないはずだ。ただでさえ細身なだけに、潜り込んだ亀頭の位置が、お腹にぽっこりと浮かんでしまうのではないかとさえ思われた。

「志穂さんのおま×こ温かい。それにすごく締まりが良くて、超気持ちいいです」

洋介が褒めると、うれしいとばかりに、さらにきゅうきゅうと肉孔のすぼまりに締めつけられる。しかも、ただ窮屈なだけでなく、内部の複雑なうねりが微妙に蠢き、動かしてもいないのに擦れるのだ。

「洋介さんも、なんてすごいの……。こんなのはじめてよ」

ペニスの長大さに、朱唇から呻吟《しんぎん》を漏らし、苦悶の脂汗を滲ませている。亀頭の細かいディテールの一部始終を、ヴァギナに刻んでいるようだ。

「うふんっ……あうぅっ……ああ、あああっ」

未知の衝撃に狼狽しつつ、甘美な悦楽を味わう志穂。年上のおんなとしてのその振る舞いにも、徐々に余裕が失われつつある。

「し、志穂さぁんっ！」

洋介の方にも、余裕などない。押し寄せる快楽をこらえきれず、引き締まった腰をぐいと持ち上げた。両手を伸ばし、重々しく揺れる乳房をすくい取る。

「きゃうううっ！」

人妻からはしたない喘ぎを搾り取れたのは、コツンと子宮壁を叩いたからだ。おんなの器官を若竿に制圧され、脂汗を流している。

「と、届いてるわ……っ。志穂の子宮に、おちん×んが届いてるぅ！」

息を小出しに吐き、懸命に身体を内側から緩めようとしている。媚肉が、徐々に洋介に馴染んでいく。おんなを染める醍醐味《だいごみ》に、男の支配欲を満足させた。

志穂が洋介の体を包み込むように、裸身を密着させてくる。互いの汗までも、ねっとりと交換していく。その間にも、荒ぶる勃起を精一杯やさしく濡れ襞で慰めてくれるのだ。

「隙間なく、洋介さんと一つになっているわ……。志穂の身体、どうかしら？」

「最高です……。もう、ち×ぽが先から溶けていくみたいです」

具合の良さをほめそやすと、おんなの矜持を満たされるのか、志穂の表情がパアッと明るさを増し、さらに美女オーラが増した。

「志穂もよ。洋介さんのおち×ちん、とっても気持ちいいわ……。わたしにはこの癒しが必要だったのね……。ああでも、大きすぎて壊れちゃいそう……」

膣肉が、征服される悦びにわなないている。

「うふんっ、本当に気持ちいいっ。奥に擦れて、火が着いちゃうわ」

「うわああっ、志穂さんまずいです……。そんなに中を蠢かさないでください。俺、気持ちよすぎてイっちゃいそうですっ！」

ゾクゾクと込み上げる射精感を奥歯を噛み縛って耐えた。

「いいのよ、志穂もイキそう。ねえ、中にいっぱい出してぇっ……」

きゅっと頭を抱き締められ、やさしい乳房に顔が埋もれる。慈愛の籠った眼差しと言葉が胸に染みた。

「志穂さぁん!!」

膝の裏に掌をあてがい、ぐいっと引きつけた。肉感的な割に、軽いと思える女体をぐぐっと揺さぶり、悦楽の漣を引き起こす。

「あ、ああんっ！」

蕩けるやわらかさの尻たぶを鷲掴み、前後に女体を揺さぶった。

志穂の肉芽を勃起の付け根で擦り、はしたない啼き声を次々に絞り取る。

ぢゅりゅ、ぞり、ぐちゃ、ぐり、ぶちゅ、ぐちゅ、くちゅん——。

リズミカルな腰遣いに、上半身をしなだれかけた志穂も、艶腰をくねくねと躍らせる。衝撃的な官能を追い求め、引き締まったお腹がうねる。

「くううっ……はあぁぁん、あっあああん！」

愉悦に我を忘れ、志穂の腰の回転運動や柔尻の揺さぶりが大きくなった。

「ああっ、いい！　素晴らしいです、志穂さんっ！」

セレブ妻が快楽によどんだ瞳をしばたたいている。腰づかい同様、その表情も扇情的だ。

「あんっ、あんっ、あああんっ、っくっ、だめ、奥が擦れるうううっ」

悩ましいよがり声を一段と高くして、ずりずりと尻たぶを肉塊の根元に擦りつけるように前後させる志穂。ついには細腰を上下させ、肉路から生じる愉悦を貪欲に汲《く》み取るのだ。

じゅぷっ、ぐちゅん、にゅっぽ、ぢゅちゅっ、ぐちゅん、にちゅっ――。

洋介の方も、くびれ腰に手をあてがい、軽い体重を跳ね返すように突き上げる。

勃起上に座りこむ美貌を、昂揚した気持ちでしげしげと眺めていると、うっとりとした表情で志穂が、しなやかな両腕を首筋に巻きつけてくる。

互いの顔が近くなり、どちらからともなく唇を求めあった。

「はぷ、ンッ……んむ……ふもん……んぢゅちゅぅぅうっ」

舌と舌を絡ませながら、汗にぬめる乳房を掌に捕まえる。吸いつくような乳肌を、根元からぐにゅりと潰し、頂点に向かってしごく。乳房はひどく敏感で、指先で乳頭をつまむだけでも、女体がぶるぶると震えた。

「ふぐうっ、はふぉん、んん、うふん……おっぱいいいっ……ほううううっ」

くぐもったよがり声が、洋介の口腔に響いた。志穂の甘い唾液を嚥下《えんげ》すると、媚薬のように胃の中がカァッと熱くなる。肉塊が嵩を増し、射精態勢を整えた。

「志穂さん……もうっ……」

それだけで通じるほど、心は通い合っている。

「きてっ！」

くびれた腰を両手で掴み、前後に弧を描かせるようにずり動かす。

「なか……はあああっ……志穂の膣内《なか》……もっと、掻きまわしてっ……うううっ、もっと……ああ、もっとよおおおっ」

セレブ妻の反応は凄まじかった。呻き悶えながら、幾度も総身を引き絞る。がくがくと頭が激しく揺れ、首の据わらぬ赤子のようだ。

「志穂さんっ!!」

ぐりぐりと膣肉が擦れる感触に、背骨も折れよとばかりに緊《かた》く抱き締めた。

「ひっ、く、くるっ……おっきなのが来ちゃう……ああ、もう、壊れるぅ」

セレブのたしなみを忘れ、ひたすら淫らに打ち振られる熟腰。自らにとって一番気持ちが良い部分が擦れるように、くねりまくるのだ。

「ほうううっ……ああ、いい……いいのぉぉ」

抱けば抱くほど、妖艶さを増していく志穂。おんなが一皮むけるのを目の当たりにして、洋介は満足しながらも、突き上げを烈《はげ》しくさせた。豊麗な尻たぶを両手で抱え、力強く持ち上げては降ろし、腰も大きく揺さぶるのだ。

「もっと激しく……メチャクチャにして……ああ、イキそうッ……イっちゃうぅ……一緒に、一緒にぃっ!!」

凄絶な色香を振りまきながらアクメに燃え盛る裸身。折れんばかりにエビ反り、肉のあちこちにびくびくびくんと派手な痙攣が起きている。

よがりまくるセレブ妻に魅入られながら、ついに洋介も臨界に達した。

「射精《で》る！　うおっ、射精《で》る……ぐあああああっ!!」

突き上げ運動を止めると、菊座をぎゅっと絞り、肉塊だけを跳ね上げた。

びゅっ、びゅっ、びゅるるる——。

快楽の迸りを、人妻の胎内にまき散らす。受け止める志穂も、何度目かの絶頂に誘われている。首筋にヒシとしがみつき、きざしきった声で啼き続けるのだ。

「ううんっ、イクッ……イクぅぅぅっ!!」

高嶺《たかね》の花《はな》のような美貌の人妻を、幾度となくアクメに追い詰め、抱きしめられながらドクドクと精を放つ至福。

「あぁっ、志穂さんっ!!」

男としての自信が全身に漲《みなぎ》る。最上級の悦びを与えてくれた女体を、またしてもぎゅっと抱きしめた。瞳を潤ませた志穂が、洋介を讃《たた》えるように、その頬をうっとりと撫でてくれる。花よりも花の如く微笑んでいた。

第四章　可憐な依頼者

1

雨に濡れる街角には、華やかな傘の花が咲き乱れている。

ほとんど単位の取得を終えている洋介は、維新堂のいつもの席で、店番がてらぼんやりと窓外を眺めていた。

「うっとうしい梅雨が、そろそろはじまるかあ……」

独り言ともつかず吐いた言葉に、少し離れた隣であやねが顔をしかめる。

「梅雨は、古本屋にとって大敵よ。もしも本がカビたりしたら、売り物にならなくなっちゃうから」

洋介が今行っている作業――。貴重な本に、オブラートに似た薄い油紙をカバー代わりに掛けるのも、その湿気対策の一環だ。

「これって昔から変わらない手法ですよね。もっと、効率の良い方法ってないのかなあ……」

「店の中の温度や湿度を完璧にコントロールできれば良いのだけど、うちのような木造モルタルではムリムリ」

あきらめ口調のあやねに、洋介はちょっぴりむきになった。

「いつか俺が、ここを鉄筋コンクリートのビルに建て替えて見せます！」

あまりに真剣な物言いだったので、女主人が目を真ん丸にしている。けれど、すぐにその美貌を蕩《とろ》けさせた。

「その意気込み、本気にしちゃおうかなあ……。うふふ。じゃあ、馬を走らせるニンジンは、今晩のサービスね。期待していて……」

おどけた口調ながらも潤んだ眼差しに、早くも股間に甘い疼きを感じた。

「よ、夜まで待てないかも……」

「まあ、洋《よう》くんったらあ」

あやねが洋介を「洋くん」と呼び始めたのはいつ頃からだろう。母性と官能をたっぷり詰めた声をあげ、胸元をむぎゅっと両腕で抱き女体を捩っている。下乳から持ち上げられているためEカップの巨乳がさらに嵩《かさ》を増し、たまらなく洋介を誘う。

つられて腰を浮かしかけた時だった。

「ただいまあ！」

勢いよくしおりが店の扉を開け、良い雰囲気になりかけた二人の邪魔をした。そのしおりの背中を追いかけるように、年若い女性客の姿もあった。

「おかえりなさい……。しおりが店の入り口からなんて珍しいわね」

何事もなかったように、あやねは姉の顔に戻っている。いつまでもたたらを踏む洋介とは大違いだ。

「なにキョドってるの洋介？　お客さん連れてきたのだから、しっかりしてよ」

見透かされたセリフにドキリとしながら、伸びた鼻の下を無理やり戻す。

「きょ、キョドってなんかいませよ。お、おかえりなさい」

否定して見せたものの冷たいしおりの目に、語尾は蚊の鳴くように小さくなる。

「まあ、いいわ。こちら、私のお友達。赤坂沙智《あかさかさち》さん。こっちがあやねお姉ちゃんで、これが居候《いそうろう》の洋介」

しおりに紹介され、沙智が丁寧に頭を下げた。

そのやわらかい物腰には、育ちの良さが滲《にじ》んでいる。

「赤坂沙智です。よろしくお願いします。しおりちゃんにはいつも、とても良くして頂いてます」

居候と紹介された洋介に対しても変わらない丁寧なお辞儀。それだけで、十分好感を持てるが、それ以上に彼女の容姿に心を奪われた。

いくぶんか幼さを残した沙智は、人目を惹く美しさと可憐な少女っぽさを奇跡的なバランスで同居させている。

小柄で華奢ながら人を圧倒するオーラに包まれていた。

ストレートロングのさらさらヘア。くりくりと動くアーモンド形の瞳。水を弾くであろうピチピチの肌。乳房は小ぶりながら引き締まった体つき。何もかもが、清楚なお嬢様を絵に描いたような美少女なのだ。

「えへへ。沙智って、可愛いでしょう？　スカウトなんかに、しょっちゅう声を掛けられるんだよ」

自分のことのように誇らしげなしおりも、洋介には十分魅力的だ。

「私なんて、そんなことないんですよ。しおりちゃんの方が、よっぽど華やかで、スカウトも私に声かけるより、しおりちゃんの方に……」

頬を赤くして否定する沙智。まるでタイプの違う二人だったが、甲乙つけがたい美しさをそれぞれに備えて、眩いばかりだ。

「はいはい。判りました。店先でキャピキャピしていないで、家に上がったら？」

微笑ましい二人に、あやねが割って入った。

「うん。お部屋に上がる前に、お姉ちゃんたちに頼みがあって……。沙智のために本を探してほしいの」

「両親の結婚記念日にお祝いとして送りたいのです」

沙智がしおりの言葉を引き取った。赤味がちなストレートロングの黒髪が、やわらかく揺れる。

沙智が探している本とは、リルケの古い詩集だった。

「リルケなら、うちにも何冊か在庫があるけど……」

詩集を集めたコーナーを指差しながら、あやねが腰を持ち上げた。それをしおりが、言葉で押しとどめた。

「それは、私も知ってる。でも沙智の探している本はもっと古いものみたい」

「両親が結婚をする以前に、父が母に送ったものらしいのです。父も古書店で求めたらしく、単行本で結構古いものだったって……」

沙智の父は転勤族で、引っ越しを繰り返すうち、その本は失われたらしい。

「両親の結婚記念日に思い出の本をプレゼントするなんて、素敵でしょ？」

中学生の時分に両親を失っているしおりだからこそ、そんな友人の想いに協力したいと考えたのかもしれない。洋介もまたしおりの心情を汲《く》み、できうる限りのことをしようと、さっそく頭の中の情報を検索した。

「リルケの詩集は、現在も文庫や単行本が出ていますよね。でも、それらの本じゃないんでしょう？　リルケが本格的に紹介されたのは、昭和の初めの頃だけど、まさかその時代の本ってことはないよね……」

「あ、戦前の本だと思います。旧仮名遣いで読みにくいけど、かえってそれがリルケの雰囲気にあっていたって母が……」

母の記憶を辿るように沙智が言った。

「なるほど。となると、ちょっと厄介かなあ……」

そう呟きながら洋介は、あやねと顔を見合わせた。

2

沙智が店を訪れて、十日が経《た》った。

朝から泣き出しそうだった梅雨空は、午後になると本格的な土砂降りとなっていた。

沙智にできうる限り、ご両親に本のことを思い出してもらうように頼み、その情報をもとに洋介は一冊の『リルケ詩集』を探り当てた。翻訳者は一人ではなく、数人が名前を連ね、その中には森鷗外や堀辰雄の名前までがある詩集だ。

「恐らくこの本だろうと思うのですが、どうしましょうか？」

ようやく本を特定したものの、出版部数が少ないのか、高値で取引されている本なのだ。

「しおりのお友達だから、利益はなくてもいいけど……」

あやねもそう言っているが、あちこち手を尽くして探してみても、なかなか沙智の予算に合うものがみつからなかった。

結婚記念日のお祝いに、あまりに汚れた本では、という事情もある。

この数日、もしやと考えた洋介は、できうる限りの古書店を沙智としおりを伴って歩いてみたが、それも徒労に終わった。

歩き疲れた三人は、喫茶店に立ち寄った。

「ふうー。本当にひどい雨。弱《よわ》り目に祟《たた》り目とはこのことね」

雨に濡れた服や髪をハンカチで拭いながら、しおりが恨めしそうに言った。

「まったく。ひどい目に遭いましたね。俺なんて、パンツまでびしょびしょです」

洋介は店員に渡されたおしぼりで、体のあちこちをふき取りながら、しおりに同調した。その実、雨に濡れた二人をエロい目で見ている。

沙智は清楚な白いブラウスを素肌に張り付け、今にも下着が透けそうだし、しおりなどミニスカートを少し捲れさせてまで、濡れた太ももを拭っているのだ。

（びしょ濡れの美少女って、萌えるなあ……）

濡れフェチのようなことを考えながら二人を盗み見ていると、目ざといしおりとバチンと視線が合ってしまった。

「こら洋介。沙智までいやらしい目で見てるなあ！」

鋭い指摘にたじたじとなったものの、意外なのは沙智の反応で、恥ずかしげに頬を赤らめつつ、ちょっぴりまんざらでもない表情なのだ。

「沙智も喜ばない！」

しおりの微妙な発言に、沙智がむきになって否定する。

「いやだ、しおりちゃん。私喜んでなんていないわよ」

沙智の紅潮したつやつやほっぺが、サクランボのようで初々しい。

暖かいコーヒーが運ばれた頃、沙智が真顔に戻って切り出した。

「とっても残念だけど、記念日は明日ですし、もうこれでリルケは、あきらめます」

「ごめんね沙智。力になれなくて……」

そう謝るしおりのほうが、沙智以上に残念そうだ。

「ご期待に沿えなくて……」

洋介も真摯《しんし》に頭を下げる。

「ううん。しおりちゃんや洋介さんには感謝しているの。こんなに親身になっていただいた上に、こんな雨の中、本探しに付き合ってもらえて……。お姉さんにもお礼を言っておいてね」

丁寧に礼を述べる沙智。そうは言ったものの、やはり心残りがやさしい頬の稜線に浮かんで見える。

洋介は、ずだ袋のようなカバンからビニール包みを取り出した。

雨に濡れる用心のためのビニールを外し、中から一冊の本を取り出す。

「探していた本よりも、もう少し新しい本だけど、俺は、この翻訳家のリルケも結構いいと思うんです。この本でも沙智さんの想いは十分伝わると思いますよ」

もしも見つからなかった時のためにと、あやねと相談して用意したものだった。

「洋介、いつの間に……」

「うん。まあ、ご希望通りの本が手に入らなかった時のためにさ……。やっぱり、ちょっと、くやしいけどね」

コーヒーカップの並ぶ机に差し出した本を、沙智はうれしそうに受け取ってくれた。

「本の状態は、ほぼパーフェクト。前の持ち主も、このリルケを大切にしていたのでしょうね。その意味からも、贈り物にはグッドだと思います」

感激の面持ちで、沙智が本を繰る姿を見ているだけで、幸せな気持ちになれた。

「ありがとうございます。きっと両親も喜んでくれます」

本を抱くようにして、美少女が頭を下げてくれる。

またしても洋介は、この仕事が好きになった。

3

指定された約束の場所で、雨の中洋介は、一人立ち尽くしていた。

「どうして、あの子と逢う時は、こんな雨の日ばかりなのかなあ……」

駅の出口で、大粒の雨を見上げながらそんなことを思っていた。

待ちわびている相手は、沙智だった。

洋介の親身な対応に感激した沙智が、「どうしてもお礼がしたい」と、しおりを通じて言ってきたのだ。

「あら、私は行かないよ。二人で愉しんでおいでよ」

洋介は、当日になってそう聞かされてあわてた。てっきり、しおりも一緒だと思い込んでいたのだ。

「沙智がね、洋介のことを好きになったみたいだよ。あの子も奥手だからチャンスがあったら押し倒しちゃっていいから。ただし、紳士的にエスコートしてあげてね」

ドキリとさせるしおりのセリフ。こんなことが以前にもあったなと思いながらも、今回は、ちょっぴり心に疼《うず》くものを感じた。

心のどこかで、しおりに想いを寄せていたからだ。

最初の夜以来、しおりとはそれっきりになっている。口では「今晩一緒に寝る？」などと誘ってくれるものの、姉たちとのことを知っている彼女だから、遠慮もあってか、何となく距離を取っているようなのだ。

洋介も、三姉妹の間でふらふらしている自分を、調子が良い奴と思っている。

「あやねさんのことも、のりかさんのことも大好きで、その上、しおりちゃんもだなんて、身勝手すぎるよな……」

楽天的な性質であっても、さすがに今の夢のような暮らしがいつ終わってしまうかが怖くなっている。だからこそ余計に、現在の微妙な三姉妹との均衡を、自分から崩すような真似はできずにいるのだ。

そんな中、しおりから沙智のことをけしかけられたのだから、ピリリとした痛みを胸に感じるのも当たり前だった。

洋介としては、「そういうことなのか……」と、短絡的に思わぬでもない。

腹が立つのは、十分以上に魅力的な沙智に、傷心を癒してもらおうかと、またしてもムシの良いことを考えてしまう自分だった。

「お待たせしました。遅くなってごめんなさい。なかなか電車が来なくて……」

声をかけられ振り返った洋介は、沙智の悩殺的な可愛さに、腹の中のわだかまりもどこへやら、息苦しいくらいに胸が高鳴るのを感じた。

「い、いえ。俺も、今さっき着いたばかりで……」

可憐な眼差しが、いかにも申し訳なさそうに洋介を見つめてくる。

しかも、このゲリラ豪雨で濡れそぼった沙智は、胸元にフリルの着いた薄紅のチュニックをべったりと素肌に張り付け、その下に着けたブラジャーを透けさせているのだ。さらには、濡れたロングヘアが、ふんわりと甘い匂いを発散させて、まるで洋介を挑発するようだった。

目のやり場に困り、視線を下に逸らすと、今度はヒップラインを強調したレギンスが、魅惑の腰つきを披露しているではないか。自分のエロさに気づいていないナチュラルな色香だけに、思わずその無防備な果実に触れたくなる。

「あ、あの……」

洋介の視線に気づいた沙智が、頬を赤らめて両腕で胸元を覆った。

「あ、ごめん。その、あんまり魅力的だったからつい……」

思ったままを口にすると、沙智がさらに目元を紅潮させ、女体をきゅっと捩った。

「どこかで、お茶でもしようか……。まずは、その服を乾かさないと風邪をひいちゃうでしょう」

そう提案する洋介の腕に、沙智の腕が絡みついてきた。

肘がその印象よりも大きなふくらみに、ぽわんと当たる。

「え、あの沙智さん……」

手にしていた自らの傘を広げ、洋介に預け、華奢な女体をぺたりと寄り添わせて、その陰の中に入り込んでくる。

「行きましょう」

積極的に足を踏み出す沙智。思いがけぬ美少女との相合傘にドキドキしながら洋介も雨の中に足を踏み入れた。

絡められた腕から沙智の鼓動が伝わり、余計に洋介は緊張した。

周囲はバケツをひっくり返したような雨なので、そう遠くには行けない。駅に隣接したビルで、お茶でもしようと思っていた洋介だったが、突発的な沙智の行動でプランの変更を余儀なくされている。頭の中を空白に占められつつある洋介は、立て直しに必死だった。

「こっち……」

そんな洋介の腕を、沙智がぐいっと引っ張った。

それに従う洋介の目の前には、とあるシティーホテルの入り口があった。

「えっ、沙智さん、ここって……」

「いいの。ここで……」

沙智の顔はロングヘアに埋まり、その表情は読めない。けれど、その身体が小刻みに震えていることは、絡みついている腕から十分以上に伝わっている。

「だって、ここって……」

「洋介さん、私とじゃ嫌ですか？」

決定的なセリフに、ただでさえ速まっていた鼓動が、信じられない速さになっている。それは彼女の方も同じで、二人のドキドキがシンクロした。

4

洋介の財政難は沙智も承知していたようで、何も言わずに彼女がチェックインを済ませてくれた。部屋に上がるエレベーターでも無言のまま、ただ沙智は洋介の腕にしがみついていた。

彼女からカードキーを渡され、手早くドアを開け、部屋の中に滑り込んだ。

我ながら人目を気にする不倫カップルのようだと思わぬでもない。

「うわあ。きれいなお部屋……」

広めの部屋には、応接セットまでが置かれている。けれど、やはり大きな存在感を示すのはダブルベッドで、これからそこで繰り広げられる甘い時間を予感させた。

「ねえ。本当に良かったのかなあ……」

ここまで来て、いまさらと思わぬでもない。けれど、しおりにセッティングされていることもあって、いきなりそういう関係になることは、やはり躊躇《ためら》われた。

「大丈夫ですよ。こう見えて私、初めてじゃありませんから……」

バージンではないと告白した沙智は、けれど、どう見ても背伸びをしていることは明らかだ。

「初めてじゃなくてもね。なんだか沙智さんムリしてるみたいだから……」

「ムリなんかしていません。確かに、しおりちゃんから時には女の方から大胆にならなくちゃ、ってアドバイスはされたけど……。でも、私が洋介さんとそうなりたかったから……」

真剣な表情の中、瞳だけがうるうると湿度を帯びている。アイドル張りに可愛い沙智にそこまで言われて、据え膳食わねば男が廃《すた》る。

またしても、しおりの差し金と思わぬでもないが、それがかえって洋介の心に火をつけた。

華奢な女体をぐいと抱き寄せる。途端に、美少女は怯えたような表情を見せた。

「やっぱり濡れてるね。このままじゃ風邪をひいちゃう。ちょっと待ってて」

洋介はバスルームに足を運び、バスタオルを手にして戻った。

「ほら、これで頭を拭いて……。着ているものは、脱いだ方が良いかな」

ずぶ濡れのストレートロングに、バスタオルをかけてやる。

丸く突き出した肩が、洋介の一言にビクンと反応した。

背伸びをしていた美少女の、それが等身大の姿なのだろう。洋介はそれを可愛いと思うと同時に、ちょっとサディスティックな気分にもなってきた。

「恥ずかしいかい？　でもこのままじゃ本当に風邪をひいてしまうから……」

気遣うように尋ねながらも、薄紅のチュニックの裾に手を伸ばした。

長い睫毛を震わせ、すっと伏せる沙智。洋介は、その恥じらいの表情にうっとりと魅入られながら、手の中の裾をぐいっとまくり上げた。

「あっ……」

微《かす》かに漏れた声が、洋介の獣欲を掻き立てる。抵抗する素振りがないことを良いことに、チュニックを一気に剥ぎ取った。

おずおずと両手を天に上げ、協力してくれる沙智。ストレートロングの髪が揺れると、甘いハチミツにも似た匂いが漂った。シャンプーの匂いだろうか、甘い香りに、思春期を卒業したばかりの酸味を帯びたロリ臭が入り混じっている。

「ああん……」

恥ずかしさに耐えかねて、ブラジャーに包まれる胸元を小さな両手が覆った。両腕を交差させているため、深い谷間が出来上がっている。

純白の下着には、ロマンティックなローズの刺繍《ししゅう》が繊細に施されている。甘あまで清楚な雰囲気が、いかにも沙智にぴったりだ。

「次は、スカート……」

脇のファスナーを引き下げ、細腰のあたりについたホックも外し、そのまま床にストンと落とした。

「うわあっ、沙智……きれいだぁっ」

黒のレギンスにぴっちりと覆われた下半身に、洋介は嘆息した。

腰部は悩ましくくびれ、連なる臀部が左右に大きく張り出している。むくみのない太ももはいかにもやわらかそうだ。下半身全体から、むんっとフェロモンを立ち昇らせていた。

着やせするたちなのだろう。普段は、細身なばかりの少女体型に見えていた沙智が、これほど肉感的であるとは。

特に、素晴らしいのは蜜肌だ。純白にわずか一滴だけ紅みを挿《さ》した雪花美白は、澄み渡る湖さながらに高い透明度を誇り、つるつるぴかぴかなのだ。

どちらかと言えばアイドル系の童顔には、アンバランスな肉体とさえ思える。

「次は、このレギンスを……」

膝丈の黒いレギンスを脱がせようと、彼女の腰骨に手を伸ばした。

間違えても玉の肌に傷などつけぬように、注意しつつ生地の内側に手指をくぐらせる。

ぐいっと横に広げると、レギンスは下方へとゆっくりずり下げていく。パンと張った尻たぶを抜けると、目前にブラとおそろいの純白パンツが露わとなった。

細かい模様の花柄レースは、その下の肌をうっすら覗かせている。

「パンツって言うよりも、ショーツって言う方が似合うね……」

ふっくらと下腹部を包む下着に、洋介は笑いながら寸評した。あまりにいたいけで、脱がせることに罪悪感すら感じる。

「ああん……恥ずかしいですぅ……」

細腰がくなくなと羞恥に揺れる。青い果実でありながらも、悩ましい腰つきは、健康的で清潔な色香を発散させた。

「恥ずかしがることないよ。こんなにきれいなのだから……」

彼女の緊張を解きほぐそうと紳士的な口調を忘れない。それでいて、その行動はサディストの振舞いのままでいる。

「次は、沙智のおっぱいを見せてね」

洋介は唇を、繊細としか表現しようのない首筋にそっと運び、その掌をきれいな丸みを描いているブラの上にあてがった。

「あんっ……」

小鼻から漏れた声は、まるで子供がむずかるようでカワイイ。

沙智の首筋は、途方もなく滑らかで、彼女の汗と体臭が口いっぱいに広がった。

そこから背筋にかけてをフェザータッチでなぞりながら、肌のなめらかさ、きめ細かさを堪能していく。愛らしいお尻とくびれ腰との際どい所を彷徨ってから、また背筋へとまわり、たっぷりと時間をかけて、ブラジャーのホックへと到達させた。

「これ、外すよ……」

またしてもビクンと肩を震わせながらも、可憐に小首を頷かせる沙智。純情可憐な少女らしさを匂わせるばかりでなく、上品な媚を滲ませている。洋介の中で、沙智の存在が急速に膨らむのを強く自覚した。

ぷつっと音を立ててホックを外すと、胸元を締めつけていたゴムが緩み、ふくらみからブラカップが滑り落ちる。

「きゃっ……」

愛らしい悲鳴が聞こえた気がしたが、実際には沙智は声をあげていない。二重瞼を瞑《つむ》り、掌もぎゅっと握りしめ、込み上げる羞恥をひたすら耐えてくれている。

まろび出た乳房は、白桃のようだ。

比較的小ぶりではあるものの、ほとんど十代と変わらぬハリで、ぷりんと前に突き出している。

春霞のような薄紅の乳暈に、可憐な乳首が恥じいるように顔を隠している。

どちらかと言えば、大きな乳房を好む洋介だったが、色つやといい形といい、そのあまりの美しさに、声も出せずに見とれてしまった。

「もうだめですぅ。恥ずかしすぎて、立っていられません」

のぼせたように赤い顔をした沙智は、膝までガクガクさせて、今にもその場に座り込んでしまいそうだ。

あわてて洋介は、その艶光りする肩を支え、ゆっくりとダブルベッドに移動させた。

5

ベッドに横たえた初々しい肢体に目をやりながら、洋介は手早く身に着けているものを脱ぎ捨て、自分もベッドに飛び込んだ。

「大丈夫？　寒くないよね？」

こくんと頷く可憐な瞳は、すっかり湿り気を帯びている。

「こうすれば、寒くありません……」

何かを思い切ったように沙智が、洋介の首筋にむしゃぶりついてきた。それでいて沙智は、小鳥のように震えている。怯えているような、恥じらっているような、落ち着かぬ眼差し。つくづく、やわらかく繊細な女体だった。

なおもむしゃぶりつく細腕をそのままに、洋介は自由な両手をその胸元に運んだ。

「あっ……」

小さな悲鳴があがった。小刻みな震えが、さらに震度を増していく。

「初めてじゃないって言ってたよね？」

再び小さな頭が縦に振られる。乾きはじめたロングヘアが優雅になびいて、煌《きら》めく天使の輪までがワルツを踊るように揺れた。

「一度だけ……」

またしても消え入りそうな声。

「高校生の時に……学校の先輩と……。あの、でも……あまりに痛くって……それで、先輩とも上手くいかなくなって……」

「そっか、辛い思いをしたんだね……。ああ、だから怖いとか？」

天使の輪が、今度は縦に小さく動いた。

「トラウマになったのかあ……。それでも俺に身を任せてくれるの？　だったら、気持よくなるようにしてあげなくちゃね」

横向きに寝そべる女体の下に右腕を潜り込ませる。身長一五〇センチくらい、体重は四十キロあるだろうか。どうしてこんなに儚いのに、肉感的でいられるのだろう。もう一方の手を腰のくびれにまわし、彼女の背後で手と手を組み合わせ、ぐいっと引き絞った。

「あんっ……」

甘さを伴った可憐な声が、朱唇から漏れた。

女体を引き寄せ、沙智の腰部を自分のお腹のあたりに密着させた。彼女もしっかりと首筋にしがみついているから、上半身も下半身も密着した格好になる。

二人の間には、弾力に充ちた乳房が甘く潰れている。やや小ぶりなふくらみだが、それでも内側から弾けんばかりのハリを感じられた。何よりも、そのきめ細かな肌の気色良さには驚く。シルクよりもさらに滑らかかと思えた。

「どう？　こうするとお互いに温もりを交換できるでしょう？」

紅潮した頬が、コクリと頷いた。

ごく至近距離にある朱唇に、ゆっくりと口を寄せていく。アーモンド形の眼が、あわてたように伏せられ、長い睫毛をいじらしく震わせている。

薄めの唇は、まるで薔薇の花びらのようで、可憐さと上品さを生みだす源だ。薄い割にふっくらぷるんとして、何とも官能的な触れ心地だった。

（うわああっ……なんて甘い唇。生クリームみたいだ。しかもやわらかっ）

接した瞬間、すーっと溶けてなくなるのでは、と思われたほどだ。

ちゅっとくっつけては、すぐに離れ、またちゅちゅっと重ねる。

しばらく短いキスを繰り返した後、今度はぶちゅぅっと長いキス。途中何度も息継ぎをして、互いの存在を確かめあった。

「ねえ、お口をあーんってして……。そう。そしたら、舌をべろーって」

真っ赤な頬を左右に振りつつも、指図通り口を開く沙智。清らかな容姿が、唇を開けた途端、エロティックな風情を漂わせる。純白の歯列が、妖艶に透明な糸を引いた。

愛らしいピンクの舌がぺろりと飛び出したところに、洋介も分厚い舌をべーっと出して、舌腹同士をべったり合わせた。

「ふぬっ……はふぅっ……ちゅちゅっ……ほふう……あうぅん」

やわらかい舌粘膜は、沙智のヴァギナを連想させる。

「今度は、舌を突きだすように……そう」

差し出された紅い粘膜を唇で挟みこみ、やさしくしごく。舌先でれろれろとくすぐるように愛撫しながら、沙智の舌を口腔に押し戻し、そのまま自分も挿し入れる。

しっかりと抱きあった肉体同様、生温かい口の中で舌と舌がみっしりと絡みあった。

「ふもん……はううう、むんぐうっ……はふううっ……」

かわいらしい小鼻から熱い息が漏れだし、男心を煽る。

どれくらい唇を重ねていたのだろう。情熱的なキスに、互いの心が溶けだし、ひとつに混ざり合った。

「キスって気持ちいい……」

うっとりと瞳を潤ませ、瞼の下を赤らめるのが色っぽい。せつない思いに急き立てられ、彼女の背中をまさぐり続ける。

相変わらず細い腕が、首筋にしがみつき、「離さないで」と伝えてくる。

「沙智……」

鼻と鼻をくっつけあって、目と目を見つめあう。

何かに気づいた沙智が、赤い頰をさらに紅潮させた。

「ねえ、洋介さん……これはなあに？　こんなに堅くさせて……」

これほどの美少女に体を密着させ、熱い口づけをかわしているのだから、下腹部が劣情の塊となるのは当然だった。

「だって、沙智がこんなに魅力的だから……。これは、男の本能だよ……」

首筋にしがみついていた沙智の手指がほつれ、その位置をゆっくりとずらしはじめた。やわらかく腹部を擦るようにして、ついに勃起を探りあてた。

「ああ、沙智……それは……」

びくんと体を震わせると、勢いづいた手指は、ぎこちなくも初々しい動きをはじめる。勃起の形を確かめるように、小さな掌が上下するのだ。

「うおっ……。だめだよ、沙智！　そんなことしたら……」

「いいの……洋介さんに気持ちよくなって欲しいの！」

目の前の美貌が、恥ずかしそうに俯《うつむ》いた。さらさらヘアに頬をくすぐられ、ますます欲求が圧力を高めていく。

「それじゃあ、俺も……！」

洋介は密着した身体の間に手指を滑り込ませた。乳房の側面から下乳にかけて、人差し指と親指の股の部分をあてがい、やさしく表面を擦りつける。

「あっ……そんな、急に、触っちゃやぁ……」

逃げ出したい気持ちをぶつけるように、洋介の勃起を握りしめてくる沙智。なめらかな掌の感触が、なんとも気色良い。

「沙智の手、最高に気持ちいいよ！」

沸き立つ快感にうっとり酔い痴れながら、親指と人差し指で、ピンク色の乳暈を、いやらしい手つきでくすぐった。

「あっ……ふああっ……あん、おっぱいっ……だめですっ……あうんっ」

じっくりとふくらみをあやされ、純白の乳肌が美しくピンクに染まっていく。それに応じて、乳暈の中に隠れていた乳首も、その顔を持ち上げた。

「あん、あ、あああ……う、うそっ、沙智のおっぱい、大きくなってるぅ」

副乳のあたりまで指先を伸ばし、リンパの流れを意識して責めるため、可憐な乳房がその内圧を高め、プリプリッとふくらみを増すのだ。さらには恥ずかしげに陥没していた乳首が大きくピン勃ちして、全容が大きくなったように感じる。

「やあん。沙智の乳首、こんなに堅くなるのはじめてぇ……」

「気持が良くなっている証拠だよ。ほら、こんなに！　サクランボみたいだね」

乳肌や乳首をじっくりとあやしていくにつれ、ぴくん、ぴくんと起る小さな反応が、徐々にびく、びく、びくんと派手なものとなる。

「はううう……」

瑞々しい乳肌に、ぞわぞわぞわっと快感の鳥肌が立つ。

感じてしまうことが恥ずかしいのか、沙智は紅潮した美貌を背けている。

その初々しくも淑やかな仕草が、洋介の助平心を躍らせる。

「沙智。このままおっぱいでイッてしまおうか……。大丈夫、おっぱいでイクのも気持ちいいらしいよ」

洋介は、沙智を乳イキさせると決めた。そうすることで、挿入の痛みや恐怖を薄めてあげられると判断した。

「ほら今度は、おっぱいの芯を揺らしてあげるよ……」

例によって洋介は、怪しげなハウツー本で仕入れた知識を、初心な乳房に試そうというのだ。

「芯を揺らす？」

やって見せる方が早いとばかりに、その掌底の中心を乳頭に覆い被せ、ふくらみ全体を包み込んだ。五指の先で、ふるふると乳房を振動させはじめる。

「ひやああっ……。やん……揺れてるぅっ、おっぱいの中、揺れちゃうぅぅっ……。ひやぁ、波打ってる……あ、あああっ、あああぁああああっ!!」

指の腹を順に乳肌にぶつけ、掌底に乳首を擦りつけ、肉房振動を大きくさせる。

ふくらみの皮下、遊離脂肪が波立っているのが伝わった。

「あ、あああぁ、ああっ、だ、だめぇぇえええええっ!」

ぶるるるんと派手に揺れる双乳。強烈な快感に襲われているのだろう、柔肌に玉の汗が浮き、絹肌を艶光りさせている。

「ひうんっ……おっぱいが融《と》け落ちそうっ！　もう、だめっ……揺らさないで……。沙智のおっぱい、融かしちゃいやぁっ！」

華奢な背筋がぎゅんと撓み、もっと弄んでと言わんばかりに乳房が盛り上がった。かと思うと、次の瞬間には、どすんとベッドに落ちる。細い頤を切なげに左右に振り、一時もじっとしていない。

「そろそろイっちゃいそう？　我慢しなくてもいいからね。乳イキしちゃおうよ」

愛しい乳房を付け根からぎゅっと鷲摑み、その揺れを止めた。それでも揺れようとする乳暈の縁を舌の先でなぞってやる。

「ああ、そこは、そこはぁ……あああぁ、ああああ……っ」

切なく叫ぶ沙智の乳頭を堅く窄めた舌先で、くにゅんと圧迫した。張り出す肉房に、可憐な乳首を押し込んだのだ。

「ひううっ、あっく……だめぇ……乳首敏感になってるの……ふうん、うぅんっ!!」

もう一方の乳頭は、人差し指でめり込ませ、そのまま指先でぐりぐりほじってやる。

甘い汗汁にまみれた薄紅が、くちゅくちゅと卑猥に啼きだした。

「やあぁっ、あ、ああぁ、ほじるのだめ、乳首ほじっちゃやぁっ！」

敏感に膨れあがった乳頭は、圧力が収まると、またすぐにせり上がり、さらに膨られることを望む。早くとばかりに自己主張する薄紅を、指と舌で立て続けになぎ倒した。

「ふむううっ、あぁああっ。はおおおっ、おおおんっ、おおおおっ!!」

愛らしい顔立ちが兆している。艶やかな女体に、激しい震えが起きた。

「はああんっ、あふああっ、あっ、ああん、洋介さぁぁぁんっ！」

官能に身を浸し、艶声をあげる沙智。さなぎから蝶へ羽化するように、美少女はおんなへと脱皮した。

「もう許してください……スゴ過ぎるの……。こ、このままでは……」

「このままではどうなるの？　ちゃんと言ってごらん。もう少しでイクから、もっとおっぱいしてって」

興奮を抑えつつ、指と指の間に乳頭を挟んだまま嬲る動きを制止させた。

「ううううっ。洋介さんの意地悪ぅっ。お、お願いですから……沙智の……初めてイク沙智の……おっぱいしてください」

語尾を甘く震わせ、沙智が絶頂を求めた。

「はい。よくできました。沙智、エロいよ！　でも、素敵だ。では、お望みどおり、おっぱいの先っぽをいっぱいしごいてあげるね」

わざと猥語を浴びせ、彼女の羞恥を煽る。

「沙智は、どっちの先っぽが弱いのかなあ？」

探るように右の乳首から、指と指の間でこよりをよるように捩る。

「ひゃあぁぁんっ、やあぁぁっ、み、みぎっ、だめぇっ！」

同様に左の乳首も手指に捉えると、敏感な突起を指先で転がし、様々に玩弄《がんろう》する。

「はあぁぁん、ひ、ひだりもぉ、両方いっぺんなんて、もっとだめですぅぅっ」

華奢な女体が、がくがくと激しく跳ねた。もう限界寸前だと、誰にでも判る嬌態だ。

「でもイキたいんでしょ？　判ってるよ。さあ、乳イキしようよ！」

畳みかけるように敏感乳首をくいくいと捻《ひね》りあげた。

「んひぃいっ！　ああっ、もうだめっ。イクっ！　沙智、乳首でイッちゃいますっ……。ああ、おっぱいイクぅぅっ!!」

色っぽくも切なく嬌声を叫び、胸乳をわななかせる沙智。瑞々しい肉体は、全身に油を塗ったように汗まみれだ。

「ほらほら沙智。コチコチに堅くなった乳首が、乳暈ごと勃起してるみたい。このすけべ乳首で、もっとイクんだ！」

ふつふつと湧き上がる加虐心に我を失いながら、洋介は乳房を根元からしごいた。

「あっ、ああっ！　またイクっ、イクぅっ!!」

悲鳴にも近い絶叫と共に、ガクガクとイキ悶え、汗を飛ばして仰《の》け反った。

「すごいすごい。こんなに全身力ませて……。これが沙智のイキ様《ざま》なんだね」

びーんと張り詰めた女体から唐突に力が抜け、どさりと背中がベッドに落ちた。

洋介は息を荒げる美少女の頤をつまみ、未だわななく唇に口づけた。

6

放心したかのように、どこを見るでもなく見ている沙智。おんなに目覚めた肉体を、落ち着かせるように洋介は、背後からやさしく抱いていた。

ストレートロングの艶髪を、やさしく手で梳《くしけず》り、その腕を沙智の腋下からくぐらせて、胸元で交差させている。

「大丈夫？　大丈夫そうだね……。初めてイッた感想は？　気持ちよかった？」

昇りつめた沙智は、半ば朦朧《もうろう》とした様子で、肉のあちこちに残る余韻に浸っている。

「イクって、こういうことなんですね……」

生まれて初めての頂きが、あまりに高すぎたのか現実感を失っているようだ。

「やりすぎだった？」

心配になり、背後から首を伸ばして、その美貌を窺う。

紅潮した頰が、覗き込まれたことで、さらに赤くなった。

「そんなことない。すっごく気持ちよかった……」

思い切ったように白状する首筋に、洋介はぶちゅっと唇を押し付けた。

「男の人に抱きしめられるのって、こんなに幸せなんですね。子宮のあたりがキュンってなっちゃいますぅ」

おどけて見せる沙智に、洋介の欲情はいや増すばかりだ。それでいて、本当にこのまま結ばれてしまうことに、やはり躊躇いがあった。

「お願いです。洋介さん。沙智に、洋介さんのおち×ちんをください」

そんな洋介の心を見透かしたように、沙智が求めてきた。彼女のお尻のあたりにあたっている肉塊を、またしても掌に握られる。

「洋介さんが、しおりちゃんのこと好きなこと知っています。あやねさんのことを想っていることも知っています。でも、今だけは、沙智に幸せをください。洋介さんに、して欲しいの……」

大人しい女の子にここまで言わせたことに、申し訳ない気持ちで一杯になった。

「判ったよ。沙智。俺と一つになろう！」

やさしく掌で、女体の側面をツーッとなぞった。ぞくぞくするような漣《さざなみ》が、瞬時に波紋を広げるのだろう。沙智自身も知らなかったはずの性感帯を、次々に目覚めさせていく。びくんと反応を示す場所を追い求め、唇を吸いつけた。

「あうんっ、んんっ……」

わき起こる快楽の信号は、おそらく強いものではないだろう。けれど、一度昇りつめている女体には、たまらない欲求が掻き立てられるはずなのだ。

「は……あぁ……うなじ……ああ、背中……洋介さんのく、唇がっ……」

微妙に強弱をつけた手指で背筋を掃き擦る。舌先でくすぐりながら、ぶちゅりと甘い疼きを与える。首筋に赤い痕を刻印した。

「ああ、やあんっ……そんなところにキスマーク……目立ちますぅ……」

「ここ一か所だけなら気づかれないよ……。俺のものになった証《あかし》に……」

耳元で、甘く囁いてやる。媚薬のようなフレーズに、女体がぶるっと震えた。

（おんなは言葉だけでも感じてしまうって……。本当なんだなあ……）

だからこそ壊れ物を扱うように、繊細にしてあげなくてはならない。洋介は心内で、そう自分に言い聞かせながら、女体のあちこちを摩った。

「洋介さん。お願い、早く沙智を、洋介さんのものにして……」

もう十分以上に下地のできている女体だから、初心な沙智であっても、肉の空洞を満たされたい本能に突き動かされるのかもしれない。もちろん、それも洋介が背後にいたからこそ口にできるのだろう。

「うん。判った。それじゃあ挿入《い》れるよ……」

「えっ？　このまま？　ああん……こんなエッチな格好でぇ……」

ひたすらやわらかい内股に掌をかけ、沙智の左太ももを持ちあげさせた。

くぱーっと帳を開いた女陰の中心に、寸分の狂いもなく切っ先をあてがう。

けれど、すぐには腰を送り出さず、火掻き棒のような熱い肉塊で、背後から淫裂をくちゅくちゅとなぞるのだ。

「痛いときは、ちゃんと言ってね……」

「ああ、洋介さぁんっ」

先端部分に沙智の濡れをまぶし、満を持して、洋介は挿入を開始した。ぬっぷりと肉の帳を割り、じわりじわりと亀頭部分を没入させる。

狭い部分をこじ開ける感覚。媚肉を内側から拡げさせ、ずずずずっと押し入っていく。

「つく、ふむうぅ……」

赤ちゃんのような初心なお尻だけを生贄《いけにえ》に残し、沙智の膝や上半身はくの字に逃げていった。ぐっと息を詰めて、ぎっちり拳を握りしめている。知らず知らずのうちに、全身に力が入ってしまうのだ。

「沙智。そんなに息まないで。力を抜いたほうがラクなはずだよ……。ほら、お腹で大きくひとつ深呼吸……」

挿入速度を緩めアドバイスすると、言われた通りに沙智が深呼吸をした。ぎちぎちだった膣肉が不意に緩み、肉襞のやわらかさが感じられるようになる。

「そう。それでいい……。痛くはないかい？」

お腹の緊張が緩むと、引き絞っていたお尻からも力が抜ける。大きな肉塊に、柔軟性に富んだ媚肉が少しずつ馴染むのは、おんなが自分の色に染まった証だ。

「ううん。大丈夫みたい。ああ、洋介さんがお腹の中にあるのが判ります！」

あえかな呻きを漏らしているものの、覚悟していたほどの痛みはないらしい。

「もう少しで、全部入るからね……」

一休み置いて、もどかしいくらいの挿入を再開した。膣肉が緩んだとはいえ、キッキツの締め付け感は否めない。その分だけペニスが擦れ、素晴らしい愉悦が湧きあがった。

「ああ、本当にすごいですっ……沙智のお腹っ、拡がっちゃうぅっ！」

「大丈夫？　痛くないかい？」

どこまでもやさしい洋介に、殺人的なまでの悩ましさを秘めた美貌が、こちら側を振り向いた。

「痛くない。それどころか、ああ、どうしよう……気持ちよすぎますっ！」

細腰をつかまえた手を、ぐいっと引きつけた。マシュマロのような尻肉に、べったりと腰部が密着するほどの埋め込みを果たしたのだ。

「くふぅっ……ひとつに、なれたのですねっ……ああ、洋介さぁんっ！」

多幸感に満ちた、きらきらと瞳を輝かせた表情が、そこにあった。

「そうだよっ。沙智。俺たち一つになったんだ」

二人の高揚感がシンクロした。気がつくと互いが、唇を貪りあっていた。唇が潰れるほど押し付け合い、舌と舌を絡めていく。心酔わせる甘美な口づけだった。

「ふもん……うふううっ！」

沙智が鼻にかかった甘い声を漏らすのを良いことに、瑞々しいふくらみを背後から襲った。掌ですっぽりと覆うと、五指を乳丘に食い込ませる。もう一方では、肉房からすっかり顔を出した乳首を、クリクリとしごくように引っ張った。

「はんっ……おっぱい……揉まれちゃうと……沙智、また……乱れちゃいます……あぁん、乳首……やぁ……そんな、潰しちゃ……いやぁあああっ」

青い果実が、揉まれるたびに女性らしいやわらかさを帯びていく。初心な肉体が、他愛もなく洋介に馴染む。ひと揉みごとに、おんなを開花させるのだ。

「乳首って、ち×ぽと変わらない位の敏感さだって……。本当に、そうみたいだね」

華奢な女体が、たまらずくねる。すると、貫かれた勃起が膣内で擦れてしまう。敏感になっている沙智には、どうして良いか判らないはずだ。

「あっ……ああんっ……だめっ……あううんっ……ああ、おっぱいが熱いぃ……」

強烈な快感に、仔犬のようにハッハッと喘ぐ沙智。小刻みな震えが、肉のあちこちに起きている。

「すごく気持ち良さそうだね？　そんなに太ももをもじもじさせると、俺のち×ぽまで捩れちゃうよ」

やわらかな膣粘膜は、真綿で締めつけられるような感覚。まだ余力があると思っていた勃起が一気に射精衝動を訴えた。

「だ、だめだっ……もう限界……う、動かすからねっ……」

ゆっくり引き抜くと、ぎりぎりまで広がった膣肉が、名残惜しむようにすがりついてくる。内部には、未発達の柔襞がびっしりと連なっている。その肉襞が快感を訴えるように蠢動し、勃起をくすぐったり、締めつけたりを繰り返すのだ。

（いいっ！　すっげー気持ちいい……このままじゃ、やばいかも……）

我を失いかねないほどに、媚肉は心地よかった。おんなとして熟成が進めば、さらに素晴らしい名器になるに違いない。

たまらず洋介は、亀頭エラまで引いた腰を、ぢゅぶぶぶッと押し戻した。

性急な腰振りができない横臥位であったことが幸いした。スローなリズムなら、沙智に痛みを感じさせないであろうし、その分ヴァギナの細部までが堪能できる。

「あ、あぁぁあっ、はあ、はあ、はあ……うぅぅ……っ」

突きだされた軟尻が緩衝剤となり、最奥まで到達できない。けれど、挿入が浅いからこそ、Ｇスポットをじっくりとあやしてやれる。左に腰をひねり、右に捏ねまわし、沙智の反応を探りながら、たっぷりと擦りつける。

「あ、やぁっ……もうだめです……頭の中がぼうっとしてますぅぅっ」

ペニスをマドラーに見立ててヴァギナを掻きまわし、そしてまた抜き挿し。ぢゅぷぢゅぷと卑猥な水音をさせてから、ぐりんぐりんとまた擦りつける。

「んんんっ、おううっ、あんっ……あ、あああ……ふうん、あ、ああ……」

いまだ官能をこらえる経験などなかったはずの美少女だから、嬌声を押しとどめることも難しい。しかも、背後から責められているため洋介に何をされるか全く予測がつかず、沙智はひたすら快美な悦楽を享受するしかないのだ。

「ここまでこなれたら、もう大丈夫だよね……」

発情しきった彼女の様子に、安堵した洋介は、自らの快感も追うために、ひとまずヴァギナから引き抜いた。

「沙智の極上おま×こ、今度はいっぱい突いてあげるからね」

華奢な女体を横向きから、うつ伏せに変えさせ、ぐいっと細腰を持ち上げさせた。そのまま太ももを大きく開股させ、ずぶんと一気に肉竿を埋め込んだ。

「はうううっ！」

今度の突き入れは、先程までと一転して遠慮がない。これだけの濡れと柔軟性があれば、深い結合も快感になると判断したのだ。

「お、奥まで……沙智の奥深くまで届いていますっ……。ああ、おかしくなりそう」

とろとろに蕩けきった艶声。白い背筋が、ぼーっと赤く色づいている。

力の入らない女体をべったりとベッドに張り付けながら、お尻だけをくなくなと左右させている。

「沙智のおま×こ、ドロドロに蕩けているのに、締めつけは強くなっていくね」

「よ、洋介さんも気持ちよくなって欲しいからっ。沙智だけがイクのはいやです」

苦しげに振り返る艶顔が、かわいいセリフを吐く。あまりの健気《けなげ》さに、洋介の頭の中で白い閃光が爆《は》ぜた。愛しさが膨れ上がり、暴発した感じだ。

「うん。俺ももう限界っ！」

上体を起こし、細腰に手をあてがい直して、ゆっくりと肉塊を引き抜きにかかる。返しの利いたエラ首で、膣肉をめいっぱい引っ掻いた。

「あ、あぁぁ……」

勃起粘膜と膣粘膜がしこたまに擦れ、互いが背筋をぞくぞくさせる。

まとわりつく肉襞に抗しきれず、ずぶんと奥まで埋め戻す。

「ひううっ……はあっ、はあ、はあ……あっくぅううっ！」

コツンと子宮口を叩いたのを合図に、そのリズムを激しい抜き挿しに転換させた。

「うおうぅっ……超気持ちいいっ……沙智、俺もう！」

「あん、射精《で》ちゃうのですね……。さ、沙智も、どうにかなっちゃいそうです……」

遠慮も技巧もない荒々しい抜き挿しに、ぐんぐん射精衝動が増していく。肉塊が漬け込んだ肉壺の中、ひときわ体積を増すのを知覚した。

「あうっ、す、すごいっ……あ、あ、あ、イクっ！　イッちゃううっ‼」

激烈なるストレートの打ち込みで、女体を官能の渦に巻きぞえにする。

ぱんぱんぱんと打ち付ける乾いた音は、スパンキングにも似て、男が本能的にもつ加虐的嗜好を存分に満たした。

「あん、あん……あっ、はあんっ……」

淑やかだった美少女の妖艶な腰振りに、さらに興奮を煽られ、洋介はいよいよ射精態勢に入った。

「うがあぁっ……だめだっ、もう射精《で》るっ！　沙智、ああ、さちぃっ！」

牝の本能が、膣を膨らませ子宮口を開かせた。あれほどきつかった締めつけが、一気に緩む。

「ああっ、射精《だ》してください……はあっ、もうだめぇっ……っ！　イクぅっっ！」

根本までの深突き。子宮口に切っ先をぶちゅっと密着させ、菊座を解放させた。濃い樹液が、尿道を遡《さかのぼ》り、鈴口から一気に飛び出した。

「つくわあああああぁ」

「きゃうう！　ああ、イッてる。沙智またイッてますぅ……ああ気持ちいいっ！」

牡牝二匹の獣が、喜悦の咆哮を同時に挙げた。最絶頂のタイミングも見事にシンクロしている。

ドクンドクンと三度にわたり、おびただしい量の精液を放出すると、その度に沙智は喘ぎ、尻肉を痙攣させた。

第五章　愛しい彼女

1

「はあ〜っ。しおりちゃん……」

洋介は大きな溜息をつき、無意識にこぼれ出た名前に胸を痛めた。

薄暗い書庫で、ひとり在庫整理をしているうち、図らずも思いが漏れ出たのだ。

いつのまに、しおりがこんなに胸の内を占めてしまったのだろう。それでいて、あやねを慕《した》う気持ちも、のりかへの愛情も薄れることがない。

「いい加減なことをしてきたツケだよな……」

出会ってすぐに結ばれて以来、相変わらずしおりとはしていない。口では、「いつでもさせてあげる」などと言う癖に、なんとなく距離が感じられる。

いつもの洋介であれば、猪突猛進、当たって砕けろと突き進むのだが、今回ばかりはそうもいかない。これ以上調子の良いことを続けると、いつか三人とも失ってしまいそうで、その恐怖ががんじがらめにさせていた。

「八方ふさがり、ここに極まれり……」

自嘲気味につぶやいても、胸の内のモヤモヤが晴れる訳もない。

「あ〜あぁ。洋介くん、ほんとうにボロボロなんだぁ」

「うああっ！」

いつの間に背後に立っていたのりかの声に、情けない悲鳴をあげた。

あまりの驚きように、のりかまでが少したじろいでいる。

「ちょっと、もう。やめてよぉ。私まで驚くじゃない……」

のりかの美貌をもう一度よく確かめてから、洋介は安堵の溜息をついた。

「の、のりかさんかあ……い、いつの間に？」

「いつの間も何も、何度も声をかけたじゃない」

「あれっ、そうだったんですかあ？」

「もう、しっかりしてよぉ……」

背中をバンと叩かれ、ようやく少ししゃんとすることができた。

「でものりかさん、いつこっちに？」

ひと月ほど前にのりかは、迎えに来た夫の説得に折れ、自分のマンションへ帰ったのだった。

「あやねお姉ちゃんから、君が壊れかけてるって聞いたから様子を見に来たのよ」

「そうなんですかあ……。俺、あやねさんにも心配かけてたんだぁ……」

そんな素振りを見せずとも、あやねはしっかり気遣ってくれているのだ。それを聞いただけでも、少し元気が取り戻せた気がする。

「のりかさんもすみません。わざわざ来てくれるなんて」

おっとりとしたあやねよりも、のりかの方が姉御肌なところがある。そんなのりかであればと、あやねも知らせたのだろう。

「そりゃあね。私だって君のことが大切だから……」

いつもはクールに見せているのりかが、頬を赤らめてまで心情を聞かせてくれるのは、洋介を元気づけるつもりに違いない。

案の定、うれしい一言に、だらしなく鼻の下を伸ばした。

「のりかさぁん」

甘えたい気分に猫なで声をあげて、のりかの胸元に顔を寄せた。

ローズ系のパフュームが、洋介を包んでくれた。やわらかなふくらみにこうして顔を埋めていると、子供に戻ったようで穏やかな気持ちになれた。

「あん。洋介くんったら、子供みたいに。そんなふうに甘えられたら、子宮がキュンって疼いちゃうじゃない……」

やさしい両腕が頭にまわされ、さらにむぎゅりと乳房を押し付けてくる。

「洋介くん。おっぱいで元気を取り戻したら、しおりのところに行っておいで」

うっとりと母性の象徴に顔を擦りつけていた洋介は、ハッと顔をあげた。

「えっ？」

のりかにしおりへの想いを知られている。そう思っただけで、頭の中が真っ白になりかけた。

先ほど、溜息交じりにしおりの名前を呼んだのを聞かれたのか、他に気づかれるような何かがあったのか、とにかくのりかは知っている。ということは、あやねにも知られている可能性が大きい。そう思うと、余計にどうしていいか判らなくなる。

「安心して。君のこと私たちは良く判っているから。しおりのことを想っていても、私やあやね姉さんのことも同じように想ってくれるのでしょう？」

大きな瞳がこちらの目の中をまっすぐに見つめてくる。洋介は、申し訳なさそうに首を縦に振った。

「調子の良いことは判っているし、勝手なことも承知しています。でも、俺……」

「いいのよ。君を責めるつもりなんてないのだから。第一、夫のいる私に、君を責める資格なんてないしね」

微笑むのりかは、女神のように美しく、聖母のようにやさしかった。

「あやねお姉ちゃんも、君のこと愛しているからしおりのことも許してくれると思うよ。それを伝えて欲しいから、お姉ちゃんは私を呼んだのだとも思うの」

「でも……」

「デモもデマもない。洋介くんが、そのままでいてくれることが、私たちにはうれしいの。助平で、可愛くて、ちょっぴり頼りない今のままの君でいてくれれば」

蕩けるような表情でそう言いながら、天使が羽を広げるようにのりかが両腕を広げた。勇気づけにもう一度、乳房に顔を埋めさせてくれるつもりなのだ。

うれしくなって洋介は、その腕の中に飛び込んだ。

普通であれば、男の腕の中におんなが飛び込むところだが、逆なあたりが「ちょっぴり頼りない」所以《ゆえん》かもしれない。けれど、そんなことはどうでもいいと思える。

「おっぱいって、こんなに安らげるものなんですね……」

「うふふ。それは私のおっぱいだから？」

茶目っ気たっぷりの笑顔が、こちらを覗き込んでくる。

「もちろん！　のりかさんのふわふわおっぱいだからこそです」

「うふふ。やっと調子の良い、いつもの洋介に戻った」

神々しいまでにのりかが眩しく見えた。

2

「間違いなく、しおりも洋介のことを想ってる。あやねお姉ちゃんやお友達の沙智さんのことをけしかけた手前、自分の気持ちを封印しようとしてるのよ」

のりかにそう教えられ、洋介はようやくしおりと向き合う決心をした。正直、沙智のことまで知られていることに驚いたが、今はそれどころではない。思い立ったら即行動が洋介の取り柄だ。

（結果はどうあれ、俺がしおりちゃんのことを好きなことを、きちんと告げよう！）

ようやく踏ん切りをつけ、しおりの部屋へと向かった。

増改築を繰り返したあげく、無理やり二階に部屋を作った木造建築だから、階段が急でやけに狭い。

「しおりちゃん」

階段下から上に声を掛けたが、返事は帰ってこなかった。けれど、確かに上からは、人の気配がする。二階にはしおりの部屋しかないのだから、そこにいるはずだ。

(居留守かなあ……?)

けれど、シカトをされる覚えがない。そもそも、なぜしおりが、自分と距離を置こうとするのかも理解できない。

(まさかとは思うけど、のりかさんの言う通り、しおりちゃんも俺のことを……)

天性の楽天家が本領を発揮して、自らを奮《ふる》い立たせた。

相変わらず、急階段に足を載せるたび、ギーッと悲鳴があがる。

(あの夜は、この音が気になったっけ……)

家族の気配にびくびくしながら、夜這いでも仕掛けるようにしてこの階段を昇ったのが、全てのはじまりだった。

条件反射のように今も、まるでコントに出てくる泥棒のように、大きな背中を丸め、抜き足差し足していた。

「んっ、んっ、んんっ……」

階段を上るにつれ、くぐもった声が漏れ聞えた。

(えっ？　ま、まさか……)

疑念は確信に変わり、雑念へと変化を遂げた。あり得ない展開に胸が高鳴る。

「あふんっ、ああ、どうしようっ……き、気持ちいい……っ!!」

艶めかしい鼻声が、狭い階段にあふれた。

(うそだっ！　そ、そんな……)

信じられない思いに叫び出しそうになるのを必死に抑えた。

しおりの悩ましくも色っぽい声が、聞こえてくるのだ。

(お、男？　しおりさんに恋人？)

洋介が維新堂の居候となって約三か月。しおりが男を連れ込むなど一度もなかった。奔放なようで、意外と身持ちが堅いタイプであると、連れ込まれた洋介がよく知っている。それだけに、かっと湧き上がった嫉妬の焔《ほのお》を抑えることができなかった。

「あうん、き、気持ちいい……。どうしたの私？　こんなに身体が火照っちゃってるなんてぇ」

艶《なまめ》かしい声と共に、衣擦れの音までがはっきり聞えてくる。それもそのはずで、しおりの部屋の襖は、少しだけ開いていた。

(覗いちゃいけない……。だけど、相手は誰だ?)

衝動を懸命に抑えようとしたが、襖の隙間が洋介をどうしようもなく誘う。

「ああんっ、だめよ! そんなとこ触っちゃダメっ。我慢できなくなっちゃうぅっ」

悩ましくも甘い艶声に、淫らがましい水音が続いた気がした。

衝動に突き動かされ、そっと襖に近づき部屋の中を覗いた。

(うわああっ、し、しおりちゃん!!)

ガンと後頭部を殴られたような衝撃と共に、下腹部が一気に沸騰した。

目でも耳でも匂いでも、凄まじい刺激を感じ取ったのだ。

湿度の高いムンとした淫風。フェロモン混じりの淫匂。男を懊悩《おうのう》させる淫声。普段のユニセックスな雰囲気を霧散させ、どこまでもおんなを露呈させている。

窓辺にしつらえられたベッドに、若い肉体をしどけなく横たえ、息苦しいまでに蠱《こ》惑的《わくてき》に三姉妹の末娘が自慰に耽っているのだ。

(よかった、彼氏じゃなかったのか……でも……な、なんてすごいんだ……)

乱れた着衣から覗かせる淫美さといったらなかった。

たっぷりしたチュニックを胸元までたくし上げ、ひらひらのミニスカートの裾を大きくまくれ上がらせている。

たゆたう二の腕、太ももの付け根近くまで露出した両脚、薄紅の頂きまでを露出させたDカップ美乳。シミ一つない眩《まばゆ》いばかりの柔肌に、無数の汗を宝石のように散りばめ、妖しいきらめきを瞬かせている。

「あうんっ……あはあぁっ……はあああんっ……どうしよう、気持ち……いっ」

胸元の蜜肌は、網膜に焼きつく可憐な桜色だった。

(ああ、やばい。覗いていたなんて知られたら……。だけど……)

目が離せないどころか、無意識のうちに洋介は、自らの股間をジーンズの上からまさぐっていた。

「あんんっ……熱い、おっぱいが熱いの……」

しなやかな右手が左の胸に伸び、やわらかそうな丸みをたぷんと揺らした。まろやかな乳肌を、まっすぐにそろえた指がなめらかに撫でさする。

しなやかな足が、伸びたり縮んだりをくりかえす。

「ああ、そうよ、洋介、もっとよ、ああ、そこもっとして……っ」

奔放によがり啼く朱唇が、思いがけない名前を呼び洋介をドキリとさせた。

(うそっ、俺の名前……。しおりちゃんが俺を想ってしてくれている!)

指の間に、昂った乳首が薄紅の乳暈ごと摑み取られた。さらなる喜悦を求め、グリグリとよじりあげるのだ。

「ひうっ……ううっ……ああっ、洋介、乳首いいよぉっ！」

愛らしく小鼻が膨らんだ。薄い割にふっくらした唇が、官能的にわなないている。苦しげに寄せられた眉根が、いかにも艶かしい。

（ああ、す、すごすぎる。こんなにエッチなオナニーはじめて見たぁ）

寝そべっても、つんと上向く胸の形を壊そうかとでもするように、下方から捏ねまわしていた。

淫靡に歪み、変形するほどに、乳肌が欲情の薄紅を纏っていく。

しなやかな手指が、乳肌に食い込んでは離れる。

またしても掌底が乳首を擦り、熟脂肪の中へと圧しつぶす。朱唇があえかに開き、吐息が口元から零れ落ちた。

「むふぅ、んんっ、んんっ、洋介ぇ、ああ、洋介ぇっ……」

切なく名前を呼ばれるたび、下腹部に血液がどっと流れ込む。いきり勃《た》ったペニスが疼き、たまらず洋介はジーンズの上から揉んだ。

しおりの左手も、おずおずと下腹部へと降りていく。

（ああ、しおりちゃんが、おま×こを擦るっ!!）

普段のしおりからは、想像もできない姿に、洋介はごくりと生唾を呑んだ。

「ああ、洋介早くぅ。いけないいしおりのおま×こ触ってぇ……」

細い右の足首に、ローライズタイプのピンクのパンツがまとわりついている。

（ああ、もう脱いでるんだあ……）

しおりの花びらが愛液に濡れ光っていることは、遠目にも見て取れた。洋介の顔にムンムンと吹きつける淫風の源泉が、ヴァギナから滴《したた》る愛蜜なのだ。

「ふあああぁぁぁっ！」

艶声が一段とオクターブを上げた。

洋介の手指を模したしなやかな指が、股間の中心に添えられたのだ。ヴァギナの入り口を覆うようにして、中指を中心にした三本の指が媚肉をやわらかく揉み込む。くつろげられた太ももが、びくびくっと妖しく震えた。

（挿入《い》れちゃうんだね。しおりちゃん、おま×こに指を挿入《い》れちゃうんだね……）

手首がぐっと折れ曲がり、くちゅんっと粘着質な水音がした。大胆にも中指と薬指が、めり込んでいる。

「あううっ……はふうぅぅっ……あ、あああぁ」

ぐぐっと、美貌が持ちあがった。ショートカットを揺らし、細っそりした首筋を覗かせる。薄紅に染めたそこからも、艶やかな色香が鮮烈に放たれた。

たまらず洋介も、忙しく自らの下腹部を揉み込む。けれど、ジーンズ越しの自慰は、もどかしさが募る一方だ。

「あ、ああ、いいのぉ……。ふううっ、はふううっ……ねえ、洋介、こんなにおま×んこが悦んでるよぉ」

悩ましく吐息をつきながら、淫語を独白するしおり。おかげで洋介は、見せつけられている気がしている。

その指先が、リズミカルに動きだし、湧き上がる快感を甘美に追った。

(しおりちゃん……ああ、しおりちゃん!)

ついに洋介は、ジーンズの中に手を突っ込み、猛り狂うペニスを握りしめた。

くちゅくちゅくちゅん、ねちゃぴちゅくちゃっ、ぐちゅっくちゃっくちゅんっ——。

猥褻な水音が、しおりのオナニーが掻き立てるものなのか、洋介の自慰が源なのか判らなくなりかけている。

「あっ、あん、あん、ああん……もう、だめっ……イッちゃいそうっ」

時が止まったような空間で、繊細な指だけが規則正しく動き、快美な陶酔を汲み取っている。

（イッちゃう？　ああ、しおりちゃんがイッちゃうっ！）

洋介は、自らもしおりに続かんとばかりに、肉竿をしごいた。

「ねえもう少し……もう少しでしおりイッちゃうの……。ねえ、してっ……。ああ、もっとしてっ。洋介ぇ！」

指先が胎内をかき回し、溢れる淫蜜を白い泡に練り上げる。

「ああ、イクっ……洋介、ああ、洋介ぇ!!」

絶頂にわななく朱唇に、繰り返し名前を呼ばれる。

あまりに興奮した洋介は、ドンと膝を襖にぶつけてしまった。大きな物音に、一瞬にして、あたりの空気が凍りついた。

3

「よ、洋介？　いつからそこに……」

一瞬状況を把握できずにいた美貌が、見る見るうちに赤くなった。

「まさか見てたの？　やだ、洋介のバカぁ、こんな恥ずかしい姿、見るなぁ……」

はだけさせた胸元を腕で押え、傍にあった枕を投げつけてくる。けれど、未だ足首に残されたパンツを穿き直す余裕まではないようだ。

「ご、ごめん。でも俺……」

夢遊病者のように洋介は、ふらふらとしおりに近づいた。

ベッドの上で、半分ほど身を起こしたしおりが、お尻をつけたまま後ずさりした。

けれど、その距離はわずかで、身じろぎをしたのとさほど変わりない。

「こないで。洋介。来ちゃやだぁ！」

夏掛けの布団を手繰《たぐ》り寄せ、しどけない肢体を隠すしおり。

「しおりちゃん。覗くような真似してごめん。でも、俺、うれしいよ。俺のことを想ってオナニーしてくれていたなんて……」

「そ、それは……」

しおりの表情に恥じらいの色は強まったものの、拒絶の雰囲気は急速に霧散した。

ベッドの縁に辿り着いた洋介は、跪いて求愛のポーズを整えた。

「しおりちゃん。聴いてほしいんだ。俺、しおりちゃんのことが好きだ。好きで好きでどうしようもないんだ！」

漆黒の双眸が、きらきらと燦《きら》めき、強い目力がとろんと潤んだ。

（きちんと伝えるんだ。思いのたけをしっかり伝えるんだ！）

これが最後のチャンスと思い定め、なけなしの勇気を奮い起した。

「俺、あやねさんのことも、のりかさんのことも大好きでね。どうしようもないほど愛おしくって……。でもね、しおりちゃんのことも同じくらい大好きなんだ」

胸元を抑えている彼女の手の一方を取り、まっすぐに瞳を見つめ告白を続ける。

「ほんと俺は、どうしようもなくって、流されてばかりだけど、この思いは嘘じゃない。しおりちゃんの笑顔が好きで、そっけないけど温かい態度に惹《ひ》かれ、賢くてお姉さん思いで、そんなしおりちゃんをずっと見てきたから……」

黙って見つめ返してくる瞳に、吸いこまれそうになりながら、なおも言葉を続けた。

「はじめて出会った時に、どうして惹かれたのかも思い出した。俺、しおりちゃんのその目にやられたんだ」

「目？」

「うん。いつもまっすぐに見つめてくるその瞳に……。お姉ちゃんたちのことを見ているように、その目でずっと俺のことも見ていてくれたんだろう？」

「うん。見てた。ずっと洋介のこと見てた……」

珍しく声を上ずらせ、恥じらいを秘めたような表情が向けられている。

「出会ったその日にいきなりHしちゃったけど、ほんとはもっと大切にすればよかったと思ってる」

「しおりとHしたこと、後悔してるの？」

「そうじゃない。それだけ、しおりちゃんを大切に思ってるってこと」

真摯に想いを伝えたくて、洋介はしおりの手指をきゅっと握った。

彼女の美貌は、相変わらず桜色に染まっている。けれど、それは恥じらいの色ではなく、どちらかというと恋する乙女のそれに見えた。

「後悔じゃないのね。よかった。じゃあ、しようか……」

「えっ、しようかって、何を？」

とぼけたわけではない。しおりが自分と何をしようというのか、本当に頭に浮かばなかったのだ。

「もう。洋介の鈍感……。しおりのことを抱いてって言ってるのぉ！」

飛び切りの可愛らしさでそう言ったしおりは、照れ隠しにかそのまま布団の中に潜り込んでしまった。

「えっ、いいの？　それって、しおりちゃんも俺のことを好きでいてくれるってこと？」

「もう、バカ洋介ぇ。私は初めから洋介を好きになってたよぉ。だから、エッチしたんじゃない……」

「し、しおりちゃん！」

あまりに可愛い彼女に、洋介は情感が高まり過ぎて雄叫《おたけ》びをあげた。

「バカバカバカっ。お姉ちゃんたちに聞かれちゃう……ううむむ」

顔を覗かせたしおりの唇を、いきなり掠め取った。

ぴくんと女体が痙攣する艶かしい反応が返ってきた。

「もういいよ。あやねさんにも、のりかさんにも、二人がこうなったと知らせよう」

洋介の大胆な提案に、しおりがくすくすと笑った。

「そうだね。お姉ちゃんたちのために、洋介のことを散々我慢してきたんだから、それもいいよね……。でも、一つだけ約束して、これからもお姉ちゃんたちのことを大切にしてあげて。もちろん、私のことも……。洋介のこと独占するつもりはない代わりに、三人平等にしてくれなくちゃ許さないからね」

細い腕が首筋に巻きつけられ、美貌に引き寄せられる。

「うん判った。俺、いっぱい、いっぱい三人のこと大切にするよ」

のりかの言う通りだった。しおりは自分のことを好きでいてくれた。姉のあやねや沙智に洋介をけしかけた手前、自分の気持ちを抑えようとしていたのだろう。

洋介は、背中を押してくれたのりかに感謝しながら、しおりの朱唇を貪った。

「ほうん……ふぬん……はふう……はあぁ……ほふう……」

愛くるしい小鼻から悩ましい吐息が漏れる。離れては着く、やわらかな唇。かと思うと、色っぽい舌先が、洋介の唇をなぞるように舐め取っていく。目も眩《くら》むほどの甘い口づけが、永遠と思われるくらい長く続いた。

「ああ、洋介ったら、もうこんなに堅くしてるぅ……」

堅くなった男性器に気付いたしおりが、ジーンズの上から揉んでくれた。

「うおっ。だ、だってほら、しおりのオナニー姿を見せつけられたから、さっきからこちこちだよ」

「ああん。見せつけてなんかない。スケベな洋介が覗いただけじゃん」

小さな手指が、器用にジーンズの前をくつろげてくれる。ベルトを外し、ファスナーを降ろされて、緩められたジーンズが剝ぎ取られていく。

脱がされている間中、洋介はすべすべの女体を掌でなぞっている。しおりの衣服は、剝ぎ取るまでもなく、申し訳程度にまとわりついているだけだから妨げにはならない。

それを良いことに、身体の側面から腰部や臀部をやさしく撫でまわすのだ。

「あん。なんだか洋介の手つき、すけべに磨きがかかってるぅ」

容赦なく触りまくる洋介に、細腰をビクン、ビクンとくねらせながらしおりが艶冶《えんや》に笑った。

「お姉ちゃんたち、ずっとこんな気持ち良い手で愛されてたんだぁ。ずるい！」

「大丈夫だよ。その分、たっぷりとしおりも触ってあげるから……」

ニヤニヤする洋介に、しおりが顔を朱に染めた。

「何よもう、洋介ったら目がエッチだぞ！」

照れ隠しのように悪態をつく唇に、またしても急接近した。

ちゅっと唇を掠め取り、今度は首筋に吸いつける。

「あんっ！」

あからさまな喘ぎを漏らし、ただでさえ赤い頬がさらに赤くなる。けれど、しおりが口を噤《つぐ》むことはなかった。悦びの声を聞かせたいのだろう。飾らずに素のままの自分を見せることが、今の彼女にとっては重要らしい。

「あ、あぁ、洋介ぇぇ」

ねっとりと首筋を辿らせた唇を耳朶にも這わせ、ぴちゃぴちゃと舐っていく。小さな孔に舌先を挿し込むと、成熟したばかりの肉体がびくんと震えた。

「うおっ！　ああ、しおりの手、気持ちいいっ！」

パンツをずり下げられると、いきりたった肉塊に、生暖かい手指が絡みついてきた。きゅきゅきゅっと甘く握り、掌のしっとり感を愉しませながら、カリ首のあたりを親指がなぞっていく。

「しおりの手ま×こ、すっげー気持ちいいよっ！　上手だぁ……」

うっとりとした表情で、下腹部からの快感を味わいながら、洋介はその唇を移動させ、美しい鎖骨や胸元に吸いつかせる。

「あうん、はああ、うん、ああ、そこっ」

すぼめた唇を滑らせ、チロリと出した舌先でも柔肌をくすぐる。ゆっくりと女体をなぞっていた手指をそそり立つ鳩胸の麓に到達させ、その容《かたち》に沿って表面をやさしく擦った。

「ああん、だめぇ……。しおり、おっぱい敏感になってるのぉ」

切なげに啼く彼女は、けれど、ペニスを離そうとしない。それどころか、先走り汁を手指に馴染ませ、ぐちゅんぐちゅんとスライドさせて来るのだ。

「ああ、しおりのおっぱい久しぶりだぁ……んちゅっ、ちゅばばぁ……」

ペニスからのやるせない快感に打ち震えながら、ついに洋介は乳房に吸いついた。

「ん、ひっ！　ああ、そんないきなり……ああん、乳首舐めちゃいやぁん！」

「んちゅっ、ちゅぶ……いやな割に、乳首、堅くなってきてるよ……ちゅぶぶっ」

口腔に涎を溜め、わざと卑猥な水音を立てて薄紅の乳蕾を舐めしゃぶる。

押し寄せる快感に、しおりの手淫はお留守になっている。

それこそが官能に溺れている証拠。洋介は、涎まみれにした一方の乳首を手指で弄り、さらにもう一方の先端を頬張った。

ちゅッちゅ、ちゅばちゅちゅ、ぢゅッちゅ、ちゅぶぶちゅ――。

刺激を受けて張りつめる乳房。乳輪を、乳首ごと舐めしゃぶる。

「んちゅっ!! 甘くて美味しい……レロレロン……コリコリに堅くなった乳首、敏感なんだね……いやらしい……ちゅじゅるる!!」

「あん、やあ、そんなに強く吸わないで……。ううっ……今すごく敏感なのにぃ」

瞳が、ねっとりと潤んでいる。目元をサクランボのようにツヤツヤと紅潮させ、可愛いやら色っぽいやらで食べてしまいたいほどだ。

「ふあ、あぁ、洋介ぇ、おっぱいばかり責めないで……切なくなっちゃうぅ」

ぷりぷりぷりっと乳肌が音を立て、さらに肥大する手ごたえ。血流の流れが良くなった敏感乳房が、その発情ぶりを露わにするのだ。

「ああん……視界がねっとりぼやけてるぅ……世界中がピンク色ぉ……」

「違うよ。しおりの瞳が潤んでるんだよ。気持ちよくて、脳みそまで発情してるんだね」

「んんっ、あ、あぁ、あん、ああん……だめ、おっぱい破裂しちゃいそう……」

アイドル張りの美貌が、はしたなくよがり崩れるのだからたまらない。早くも洋介は、射精してしまいそうなやるせなさを感じていた。

4

「今度はしおりの番。洋介にご奉仕してあげたいの……」

美乳スレンダーボディが持ち上がり、洋介の胸板をやさしく押してくる。すべすべの美肌を擦り付けながら、しおりの女体が洋介の下半身に沈んでいく。

「ああん、こんなに堅くさせて……。とっても、つらそう！」

「そうだよ。しおり。切ないくらい、つらいんだ。楽にさせてよ」

期待に昂り、肉塊をぶるんと跳ねさせた。生きの良い魚が陸に打ち上げられたようにぴちぴちと跳ねる様子に、しおりがその若さに見合わぬほどの妖艶な笑みを向けてくる。

「洋介、逞しい。こんなに力強く跳ね上げて……いいわ、しおりが楽にしてあげるぅ」

細く繊細な手指に勃起を捕まえられ、亀頭部に愛しげなキスの雨を受けた。

「うぉっ……し、しおり……」

「あぁ、期待してるのね……どんどん大きくなってくる……」

上目遣いに呟き、頬を染め、しおりは勃起に頬擦《ほおず》りをしてくれる。美貌にぬめりが付着するのも構わず、薄い舌で亀頭を舐めては顔を離す。

頬のあたりにふぁさりと落ちたショートカットヘアを掻き上げる。ついには、朱唇があんぐりと開かれ、亀頭部が口腔内に導かれた。

ず、ずうう……じゅる、と、唾液の攪拌《かくはん》音を立てながら、ぬっぷりねっとりしゃぶりはじめる。

「うあぁっ、ぐあああああぁぁッ!!」

すでにしおりのオナニーに興奮しきった男根は、我慢汁でべとべとになっている。その上、カリや裏筋に様々な分泌物が付着しているはずだ。にもかかわらず、しおりは厭な顔一つしないどころか、献身的に勃起を咥えてくれる。

「美味しい……ちゅぴ、くちゅ、みちゅ……洋介のおち×ちん……あふ……んふう」

それなりに経験を積んできた洋介だったが、愛していると自覚する女性にしゃぶられると、即座に撒き散らしそうになってしまう。

限界まで膨張したペニスは、静脈の筋をありありと浮かばせ、亀頭のエラを尖らせている。

ぬぽっ、ぬぷっ、ぐぢょ、ぶぢゃ、ぐぢゅるるる――。

リズミカルに、しおりは洋介を口腔に誘う。窄めた唇で亀頭を縊《くく》りつけ、敏感な部分に快感を紡《つむ》ぐ。全体を、甘く優しくしゃぶりながら、手指で根元をしごくことも忘れない。まるで熟女のような手練手管に、洋介は目を白黒させて快感に溺れた。

「あ……う、はぐぅ……くうぅっ……し、舌が……う、裏……筋を……あぁ」

洋介は、必死に悲鳴を押し殺した。そうでもしないと、女性のような情けない喘ぎを家中にばらまいてしまいそうなのだ。

くちゅっ、ぬぽっ……ぶちゅん、ぐぽ……ぢゅぶ、ぢゅぶずるん――。

洋介を出し入れさせながら、しおりは強く吸いあげ、口腔粘膜を擦りつけてくる。吸うたびに、ぺこ、ぺこんと、頰が淫らにくぼみ、亀頭や茎竿の形が浮き出る。ペニスを締めつける唇のはざまから涎が溢れ、横たわる洋介の太ももに零れてきた。

「き、気持ちいいっ……しおりの口ま×こ、最高だぁ！」

根元をしごく手指とは別に、空いた手指が洋介の太ももを撫で擦っている。

釣鐘状に垂れ下がった乳房が、しおりの頭の振幅に合わせて悩ましく揺れていた。

洋介は手指を伸ばして、ショートカットの中に手指を挿し入れた。

「ああ、しおり……しおりぃぃっ！」

やるせなく込み上げる快感と、切ないまでの激情を伝えたくて、繊細な髪を掻き毟る。

「ちょ、ちょっと待った。しおりばかりずるいよ。俺にもさせて！」

「俺にもって、何をしたいの？」

洋介の太ももにすがりついたまま、しおりが小首を傾げた。

「しおりのお股、俺も舐めたい。しおりのエッチなエキスを俺に味わわせて」

「もう、洋介のスケベ……。でも、判ったわ」

クスクス笑いをしながら美貌が小さく頷くと、しおりは、一八〇度体勢を入れ替え、洋介の顔を跨るようにして女豹のポーズを取った。

ぐいっと腰を落としてくるため、良く手入れされた逆三角形の茂みに鼻先をくすぐられた。熟したバナナにたっぷりとハチミツを垂らしたような甘酸っぱい匂いが、ぷーんと鼻先を掠める。

「あの時は暗かったから、しおりのおま×こを見るのは初めてだ……」

楚々とした印象のクレヴァスには、溢れんばかりの蜜液がコーティングされ、鮮紅色がテラテラとヌメり輝いている。充血した肉花びらが、チロッと舌を出すようにはみ出していた。

「ああん、しおりの奥まで見ているのね？」

ふるふるんと細腰が振られた。釣鐘状に実った美乳が、心地よくお腹のあたりをくすぐってくる。

「見てるよ。しおりのおま×こきれいだよ……。あんまりきれいだから、ここにキスしてあげる」

「あぅ、そんな……はうううっ」

汗粒の滲む尻たぶを両脇に抱え込み、洋介はぶちゅりと強く唇をあてた。

いきなりの狼藉に女体がぶるると震えだす。すでに一度、オナニーでアクメを迎えたヴァギナは敏感なのだ。

「すごい、しおりのおま×こ、こんなに柔らかい。あぁ、花びらが、とても甘くておいしいよぉ……ちゅ、れろ、くにゅくにゅん……」

いきなりのクンニに、しおりは慌てふためき、腰を泳がせて唇から逃れようとした。

けれど、洋介はマシュマロ尻を抱え込んでいるため、張り付いたヴァギナから振り払われることはない。

「はん、あううぅっ、ほおおおっ……ひうっ、ああ、そこはっ」

尖らせた唇を媚肉にべったりとむしゃぶりつけ、小刻みに顔を揺する。粘膜で覆われた花びらまで口腔に含み、いやらしい音を立てて吸いつける。

ぢゅぶぶぶぶ、ぢゅるぢゅるる、ぴちゅっぴちゃっ、ぐちゅっくちゅっ――。

ひたすら女陰を舐めしゃぶり、あたり一帯を唾と淫蜜でべとべとにしていく。

「美味しい……しおりの蜜、甘酸っぱくて美味しいっ！」

舌先で、花びらの上に伸びる無数の皺をなぞっていく。

そよぐ花びらの舌触りは、ぷにぷにとして活の良い貝を思わせる。塩気と酸味の効いた中にも独特の甘みを感じるのは、しおりの体臭が錯覚させるのだろうか。

「ああん、すごい。ねえ、洋介ぇ……感じちゃうよぉ……あぁだめ！　だめぇ！」

やわらかな肉花びらを唇に挟み、やさしく引っ張る。限界まで伸びきった肉びらが、唇から離れ落ち、ぷるるんと元の位置でわなないた。

「いやん、それ、響いちゃうぅっ」

戻る瞬間に、峻烈《しゅんれつ》な愉悦が走るらしい。クレヴァスがヒクついている。

肉のあわせ目にある敏感な器官が、「ここも触って」と頭をツンと上向かせた。

「しおり、クリトリスも舐めてあげるよ」

「や、やさしくしてね……。お願い……でないと、でないとしおり……はうっ！」

分厚い舌先で、充血した肉芽をツンツンと小突くと、感電でもしたようにビクビクビクンと派手な反応が返ってきた。

「ひいんっ、ほあああぁっ、あ、ああ、あぁぁあああんっ」

舌先で突きながら、そのまま無防備な淫裂に指を這わせる。入り口の花弁を掻き分け、濡れ具合を確かめつつ、クレヴァスに中指を埋めていく。めしべの周囲を舌でこね廻し、同時に中指でヴァギナをクチュクチュかき回すのだ。

「はあああんんんっ……あああっ、よ、洋……すけぇぇ」

急所を舌で突くたび、ハート型をした尻肉と菊門がすぼめられた。充実したふくらはぎが膣の収縮そのままに、ギュッと力を加えて緊張感をみなぎらせる。

あられもなく乱れ狂うしおりをさらに追い込もうとしたところに、洋介を凄まじい快感が襲った。

「う、うわぁあぁっっっ……し、しおりぃっ」

しおりが、やるせないまでの切なさを手中の肉棒にぶつけてきたのだ。

脈動する肉竿に朱唇があてがわれ、薄い舌を鈴口に食い込ませてくる。

「しおり、いいよ……やばいくらい気持ちいい」

「しおりも……イッちゃいそうなくらい、気持ちがいいのぉ」

またしても、肉幹が口腔に呑みこまれた。

「うあぁっ、そ、そんなにされると、射精《で》ちゃうよぉッ!!」

口腔のぬくもりと、ぬるりとした粘膜の快感に悲鳴をあげた。

限界の見えてきた洋介に、早く出してと言わんばかりに、しおりの頭が振幅を増す。

ぶぽっ、ぐぢゃっ、ぬぽっと、性器と化した朱唇でしごき、舐め回す。さらには、右手で唾液まみれの茎を強く締め付けてくる。

しおりの本気を洋介は悟った。このまま樹液を吸い取ってくれるつもりなのだ。

「あわわわっ、し、しおりぃっ!」

洋介は、苦しげに呻きながら下半身を揺すらせた。熱い血液がドクドクと肉塊に注ぎ込み、傘を一段と膨れ上がらせる。切ない射精衝動が、急速に鎌首をもたげた。

「ぐはあぁっ……い、いいんだね？　このままイってもいいんだね？」

「んむぅっ……ようすけ……いひよ……我慢しなくて……このまま射精《ら》ひてっ」

水音の入り混じったくぐもった声が、洋介の崩壊を促す。

献身的な口淫に、理性が消し飛んだ。

「ぐううっ！　だ、ダメだっ、イクよ、俺、もう、イクっ！」

「いいのよ。すっきりして。しおりに飲ませて……ちゅ、くちゅちゅっ」

ゾクゾクするほど色っぽい囁きで、放出を了承するしおり。

またすぐに、勃起に舞い戻った朱唇は、口腔粘膜全体で、ぬるぬると締めつけてくる。右手で茎胴を丹念に摩擦され、左手には睾丸を優しく揉みほぐされた。

「ううう！　出るっ、もう射精《で》るうっ!!」

熱い衝動が背筋を駆けのぼる。腹筋にグイッと力を入れて、トリガーを引き絞った。

肛門を閉じ、太ももやふくらはぎも痙攣せんばかりに緊張させる。

「うあぁぁああぁっ！」

獣のような咆哮を喉元から迸らせた瞬間、熱い樹液が尿道を遡る。

精液はひと塊りとなって鈴口を飛び出し、しおりの喉奥に飛沫《しぶ》いた。

5

「ああ、うそっ……。今、射精したのに、まだ、こんなになったままなの？」

ずるずるっと喉奥から引き出されても、未だペニスはギンギンに猛《たけ》り立ったままだった。

自分でもどうかしていると思うほどの性欲だが、それほどまでにしおりのことを欲しているのも確かだ。

「しおりともう一度結ばれるまでは、萎《な》えないみたい」

おどける洋介の首筋に、しおりがむしゃぶりついてきた。

「うれしい。挿《い》入れるよ。ねえ洋介……してっ！」

女体をベッドに押し倒し、乳房と陰部を露わにしたしおりを強く抱きしめ、そこら中に唇を与える。

「あん……洋介ったら」

洋介を潤んだ瞳でしおりは見ている。情熱的な愛撫に翻弄された下半身を、ますます熱くしているのだ。もちろんそれは洋介も一緒で、肉塊を焼き鏝《ごて》のように熱くさせ、ぬるぬるにぬかるんだ入り口を、所構わず切っ先で啄《ついば》んでいる。

「ねえ洋介ぇ」

切なげに身をくねらせてしおりが名前を呼んでいる。

「うん？」

しおりの胸元に顔を埋め、夢中で舐め回していた洋介は、その美貌を覗き込んだ。

「さっき言ったこと、もう一度聞かせて……。しおりのこと、好きだってやつ」

はにかんでいるような、恥じらっているような表情は、殺人的な可愛さだった。確かめたい女心が、どこまでも愛しい。

「好きだよ！　はじめての時から、ずっとずっとしおりのことが好きだ！」

真剣な眼差しで、しおりの心をやさしく蕩かした。

「うれしいっ……。その言葉が聞きたかったの」

しおりの瞳に映る、自分の真剣な表情に、今さらのように洋介は、自身の想いの強さを知った。

目元をほんのり赤く染めたしおりも、洋介のことを甘く見つめてくる。今まで洋介が見た中で、一番色っぽい表情をしている。

愛しげに、その甘美なる肉体に手指を這わせた。

瑞々しいまでの素肌は、神々しいまでに眩く、その手触りは恐ろしいまでにすべすべとしている。

「ああ、くるのね。洋介ぇ……しおりの中にっ！」

しおりは、枕から頭をあげて、ヴァギナに触れている勃起を見ている。繊細な茂みの奥に咲く牝花びらは、膣から滲み出た汁に濡れ、艶桜色に光っている。

洋介は、「うん」と頷くと、クレヴァスの中心に切っ先の狙いを定めた。その洋介に呼吸を合わせるように、しおりが亀頭をゆっくり揺すり、花びらを緩めた。

「ああん、洋介ぇぇっ！」

汗ばむ細腰に両手をあてがい、腰を繰り出した。

ぴちゃ……と、濡れ音を響かせ、茂みの奥で、花びらがぱっくり開く。触れ合った性器から、甘い波動が伝わってきて、洋介としおりが同時にうめいた。

「あぁ、来てる、洋介が……あぁ、この感触……欲しかったの……これが」

さらに、くちゃ……ぶぢゅっ……と、緩やかに濡れ音が続き、膣粘膜のはざまに沈んでいく。入口付近の膣粘膜が、浅く刺さった亀頭に擦れ、ぬめりと熱を倍増させた。

興奮しきったおしべに、熱く濡れためしべの感触が切ない。

「あぁ……うそっ、どうしよう……挿入だけでイッちゃいそう……」

兆した表情が、狼狽するように左右に振られた。

「やだっ、本当にイクっ……洋介のがお腹の中にあるだけで、しおり、イッちゃうっ！」

しおりが小刻みに腰をぶるるっと戦慄《わなな》かせる。

膣口がパンパンに伸びきるほどのペニスの太さと、愛する男性に貫かれた精神的な充足に、たまらず達してしまったのだ。

「きゃううううっ……ああ、すごい……こんなの初めてぇ……」

歓びに嗚咽し、背中を弓なりにさせる。膣肉の角度が変わり、違う所が擦れたのか、いっそう声が大きくなった。

しかし、挿入は終わっていない。気持ちを確かめ合うように、ゆっくりと一つになっていくため、未だ太幹の半ばを過ぎたあたりなのだ。

「大丈夫？　もうイッちゃった？　もう少し……あと少しで全部挿入《はい》るから……」

まるで、処女の乙女を気遣うように、洋介はなおも腰を押し込んだ。

形の綺麗な花びらが、牡茎を歓迎するように、濡れたその身を寄り添わせる。突き刺さっていく洋介に、しおりが愛蜜をこみあげさせて、ぐじ、じゅぶ……と、細かい泡を花園にまぶしている。洋介がしおりの太ももをさらにくつろげると、さらにしおりのおんなが緩んだ。

とうとう根元まで突き刺さった。洋介の剛毛が、しおりの繊毛と絡み合っている。

見下ろす女体は全身が汗ばみ、桜色に上気していた。

「また一つになれたね。俺たち……」

耳元で囁くと、きゅんと媚肉が締め付けてきた。相変わらずしおりの肉体は、感度が良い。しかも、感度が良いのは、その心も一緒だ。

「寂しかった……。しおりは、寂しいの嫌いって伝えたよねえ」

「ごめん。今日から、このち×ぽはしおりのものだから。寂しい時はいつでも言って」

「うれしい。洋介、好きよ……ああ、洋介、大好き……」

うにゅ、うにゅっと肉襞が蠢動した。あまりに情感が高まり過ぎて、またしても兆したようだ。

「以前にもまして、しおりは感じやすくなった？　動かしてもいないのに、何度イッちゃうのだか……」

白い蜜肌をうっとりとさすりながら、洋介はしおりを冷やかした。

「ああん、だって、気持ちいいんだもの……」

「じゃあ、もっと感じさせちゃおうかな！」

愛しげに洋介はそうつぶやき、繋《つな》がっている部分をそっと指で撫でた。

花びらや肉の合わせ目の蕾に触れると、まるで感電でもしたように女体が震えた。

「ひうっ……ああダメっ、今そんなところ触られたら……きゃうっ、あ、ああっ！」

勃起をぶっさりと嵌《は》めたまま、中指でクリトリスを転がした。

たまらず女体が激しくくねった。

みっしりと結びついた膣粘膜と亀頭が擦れ、ぐじゅ、みぢゃ……と、抽送にも等しい濡れ音が響いた。

「あ、ああっ、やぁん……イッちゃう……はうっ、またイクっ、イクぅぅぅ……」

ギンギンに勃起した肉棒を、根本までズッポリ生挿入で咥え込み、感度倍増の痙攣絶頂に悶絶している。

しおりがアクメを極めるたび、膣肉はぬめりを増し、洋介は一瞬、彼女が漏らしてしまったのかと思った。

「しおりって、こんなに淫らなんだね。でも、すっごく素敵だよ」

しおりがこれほど乱れるのも、多幸感に拠《よ》るところが大きい。精神の結びつきに充足を覚え、性神経を過敏にさせているのだろう。同様の満足を洋介も得ている。一つになった心が、互いの性神経を結びつけるのだ。

「あ、あぁ、おま×この襞が……こ、擦れる……。ぐっ……くふう……しおりがイクたび、蠢動するから……ぐふっ……」

微妙な襞粘膜の蠢きに、手淫や律動ほどの大きな動きはない。けれど、うねうねと前後左右に、洋介をくすぐるようにうねくり、確実に勃起をむしばんでいく。

しおりのアクメが、波動となって洋介に伝わるのだから、凄まじい悦楽は当然かもしれない。

洋介はやるせない衝動を懸命にこらえ、体をぐぐっと折った。

「あううっ……洋介ぇ、そこは、ダメなのっ」

うっすらと唇を開き、鳩胸に向かって顔を伏せた。乳首を吸われる期待が、女の官能をいっそう高め、舐めあげる前からしこりを増す。

ネットリと湿気を帯びた熱い乳萌に吸い付くと、柔肌がザワザワと総毛立った。

「きゃうっ！」

過敏になった神経を舌で逆撫でしてやると、しおりの表情が蕩け崩れる。

クリトリスをさらになぎ倒すと、ぐいっと背筋が弓なりに撓《たわ》む。

「あぁっ……はううっ」

牝獣が短く呻いて絶頂を極める。すでに何度イキ恥を晒したのだろう。

「あはぁっ！　お願い、洋介、動かして……。洋介にもイッて欲しい……うぷ」

恥ずかしそうにおねだりする唇をキスで塞いだ。ねっとりとキスを交わしながら、
洋介は抜き出しにかかる。

「ふむむむぅっ……ほふう、ほううううぅっ」

抱きしめた女体が、またしてもアクメに揺れた。

差し出された舌を唇でしごきながら、剛直をゆっくりとスライドさせる。

「ぬふううぅ……あうっ……ふほおっ、おおん、おおおぉぉっ」

動くにつれ、茎肌にぴったり張りついた花びらが、くちゅ、ねちょ、ぢゅくっと、微かな粘音を立て、肉茎に筋を引いていく。

剛直の太さのせいで、楚々とした入り口はぱつぱつに広がり、縁の辺りがうっすら白くなっている。その分、二人の密着は強い。

「ふほおぉ、おおん、ああ、洋介ぇ、ああ、よう……す、けぇぇ」

朱唇から離れ、美貌のあちこちを啄んでいく。小刻みに抜き挿しを繰り返し、入り口付近のツボを、亀頭エラで擦りつける。

「好きだよ。しおり……大好きだ……」

感情の昂ぶりと共に、抽送を大きくする。

亀頭ぎりぎりまで抜けた洋介に、腰を振り、愛しげに花びらを擦りつけるしおり。自分から腰を遣い、抜き刺しさせるたび熱い吐息をこぼしている。

「感じるっ。ああ、洋介……。しおりも好き、大好き……ようすけぇぇっ」

ペニスに絡みつくぬめりは濃くなり、ますます快感も強くなっている。入れるたび、可愛く淫らに上下する乳房も見ていて愉しい。

こみあげる淫情が、抽送のたびに蓄積され、さらに二人の動きを激しくさせる。

「あっ、あぁっ！　お、おま×こいいよ！　しおりのおま×こ最高だ！」

「洋介も素敵っ……あぁ！　ひぃ！　おち×ちん好き！　洋介の好きっ！」

ちゅく、ちゅくちゅくっ！　ぢゅちゅ、ぢゅちゅぢゅぢゅちゅっ――。

淫らなリズムを積み重ねながら、射精までの余命を短くさせていく。

「あはぁっ！　あうっ！　んんっ！」

あられもなく官能を開花させたしおりも、裂けんばかりに淫裂を抉る洋介に、さすがに苦しそうだ。

「しおり、ごめん！　でも、もう俺っ……。あぐっ、あぁっ、おま×こが、すっごく締めつけてくる！」

しおりを気遣う余裕はあるが、それでもピストン運動はやめられない。とにかく、しおりに出したくてたまらなかった。

「ひうっ！　しおり、またイクのっ……。あぁ、もっと動いて、そしてたくさん気持ちよくなって！　うぅっ！」

洋介の想いを知ってか、しおりは獰猛《どうもう》な勃起の攻撃に、奔放にイキ乱れる。自分からも腰を打ち振り、洋介を悦ばせようとさえしてくれる。

「うぐぅっ！　……くぅっ！」

ずりずりっと膣口からひり出された勃起が、しおりの大胆な腰振りにあやされる。膣内でもみくちゃにされるペニスは、あまりの快感に燃え尽きる瞬間を迎えた。

「うおおおっ、イクっ！　しおり、射精《だ》すよっ！」

ついに洋介は雄叫びをあげ、淫らな腰つきに合わせ、二度三度と深突きをくらわせた。

皺袋に蓄積されたマグマのような白濁を、一気に発射させた。

溶鉱炉のようなヴァギナに、ドクドクと注ぎ込む気持ちよさ。洋介は、唇の端から涎を零しながら極上の快楽に酔い痴れた。

「あぁっ、熔けちゃうっ……。もう、しおり壊れちゃったみたい……きゃううん……イクの止まらないよぉっ！」

子宮めがけ、生《なま》で発射された精子に、身体をぶるぶる震わせながら昇天する淫乱きわまるアクメ。

だが、官能に溺れ狂っているにもかかわらず、しおりの天女のような美しさと、清純アイドルのような清らかさは失われない。

洋介は、そのアクメ顔をうっとりと眺めながら、愛しさを募らせた。

終章

1

六月も終わりに近づいたある日——。

「き、きれいだあ……」

あんぐりと口を開け、陶然とした表情で見入る洋介に、三人の天使がやさしく微笑みかけた。

純白のウエディングドレスを纏った三姉妹は、早くも夏を思わせる陽射しにハレーションを起こし、天使としか形容の仕様がないほど神々しくも厳かだ。それでいて、裾、袖、背中が、ばっさりとカットされたデザインに、三人が三人とも蜜肌を晒し、セクシー極まりない。

艶めいた肩や鎖骨を惜しげもなく露わにしたローブデコルテ。太ももにようやくかかる程度の超ミニ。むっちりとした熟ももを飾る白いガーターベルト。ぱっくりと広く開いた背中は、きわどくお尻のあたりまでを覗かせている。そして美しい肢体を白いベールが、紗《しゃ》に覆うのだった。

ドレスは間に合わせの貸衣装だったが、三姉妹からはそうとは思えない色気が放たれている。そして同じデザインのものを纏っていても、不思議なほどそれぞれに個性を際立たせていた。

上品な知的美を漂わせるあやねだからこそ、かえっていかがわしいくらい露出度の高いウェディングがどこまでも似合う。

クールビューティでありながらモデル体型ののりかだから、花柄のレースを散りばめた甘いデザインも上手に着こなしてしまう。

アイドル顔負けの可愛さを誇るしおりには、ちょっぴり大人のウェディングだが、身体のラインを強調するシルエットがどこまでも美しい。

「ふわぁあああ……」

溜め息がこぼれるほど華やかで清楚な三人の姿に、洋介は思わず涙ぐんだ。

「うふっ……。いかがかしら？　洋くん。お気に召していただけた？」

白いベールをまとったあやねが、洋介の座るロングソファの隣に腰を降ろした。

「お気に召すも何も……あやねさんのドレス姿、超セクシーですぅ……」

鼻の下を伸ばし、心まで蕩かす洋介。熟れたEカップの美巨乳が、ローブデコルテの胸元を攻撃的に持ちあげ、ユッサユッサと悩殺してくる。その乳房に、散々甘い悪戯を仕掛けてきた洋介さえ、目のやり場に困るほどの眺めだった。

「ごめんね、待たせて……。でも、焦らされただけの甲斐《かい》はあるでしょう？」

正面に陣取ったのりかが、優美な所作で跪く。切れ長の瞳が色っぽく見上げてくる。眦のほくろが放つ妖艶な愁眉《しゅうび》に、背筋がぞくぞくしてきた。

「のりかさんもきれい。お淑やかな姿がお似合いです」

おしろいを塗っているのかと思っていたが、そうではない。純白ウェディングに負けないくらい白い肌は、いつもより幾分濃い程度の化粧で充分なのだ。

「ああん。しおりのことも見てくれなくちゃいやっ」

ボリューミーなドレスの裾を、惜しげもなくくしゃっとつぶし、最上級の微笑みを浮かべて、洋介の左隣をしおりが占める。

「うんうん。しおりも、ものすごく可愛いよ。お花の妖精みたいだ……」

ツンデレの気《け》のあるしおりには珍しく、その甘い一言で、くびれをくねっと捻じ曲げ照れている。

控え目な薄化粧でも人並み以上の美女が、今日は口紅やアイラインを入れている。普段のユニセックスな雰囲気を霧散させ、びっくりするほどの化粧栄えだ。

「久しぶりに維新堂をお休みにしましょう……」

そう提案したのは、あやねだった。

「賛成っ！　だったら旅行でもしようよ」

姉の気が変わらぬうちにと、すかさずしおりがさらなる提案をする。

その背中をぽんとのりかが叩いた。

「良いわねえ旅行。どこへ行く？」

クスクス笑いながら「痛～い」とやりかえそうとするしおり。美女がじゃれあう姿は、見ているだけで幸せな気持ちになる。そんな二人を尻目に、あやねが微笑みを浮かべながら洋介に向き直った。

「旅行はともかく、その日は洋くんが主役よ。感謝を表したいの。維新堂がここまで持ち直したのは、洋くんのお陰。それに、お誕生日のお祝いもさせて欲しいし」

大きな瞳が、星屑を散りばめたように、きらきらと煌めいている。

「お、俺の？」

突然、お鉢《はち》が回ってきたことに驚きはしたが、あやねからの感謝には悪い気がしない。あやねが誕生日を覚えていてくれたことも素直に嬉しかった。

「そっかあ、洋介くんのお誕生日は、来週だったわね。旅行より、ずっとそっちが大事ぃ！」

洋介の右手を取り、ぎゅっと握りしめるのりか。

「旅先で洋介のお誕生日をしっぽりとお祝いするのも悪くないわね」

旅行に執着しながらも、しおりが左腕にすがりついてきた。最近とみに大きさを増してきた乳房をむにゅりと押しつけてくる。

「洋くんが主役だから、その日は何でも言うことを聞いてあげるわよ」

立て続けにうれしい提案がなされ、それだけで天にも昇らん気持ちになった。

「お姉ちゃん大丈夫？　きっと洋介くん、すけべなお願いしか言わないよ」

クスクス笑うのりかに、あやねが頬を紅潮させて頷いた。

「うふふっ……だって、それが本当の目的だもの……」

大胆な女主人の発言に、他の三人が思わず目を丸くし、互いに顔を見合わせた——。

「お待たせしました」

居間に続く和室からあやねらしき声がかかり、おごそかに襖が開かれた。

「ごめんねぇ」「失礼します」「遅くなりました」

待ちわびた愛しいおんなたちが、三者三様に挨拶を済ませると、それきり無言となり、静々とこちらに歩を進めた。

その眩いまでの姿に、洋介は声も出なかった。

三人が三人とも純白のウェディングドレスを纏っている。

一時間以上も待たされた理由が、このサプライズだったのだ。

あやねの「何でも言うことを聞いてあげる」との提案に対し、洋介が求めたことは、四人の結婚式だった。

「俺、三人をお嫁さんにしたいです！」

真剣な求愛に、三姉妹とも頬を紅潮させて頷いてくれた。

けれど、一対三の結婚式を他所《よそ》で執り行う訳にもいかず、結局旅行はまたの機会にして、「私たちだけで、ここでしよう」ということになったのだ。

急なこともあり、ドレスなども無理だろうと少し心苦しい気持ちのあった洋介にとって、三姉妹のウェディング姿は何よりもうれしかった。

「きれいです。本当に三人ともきれい過ぎて、俺……」

ついには感極まって泣き出してしまった洋介に、しおりがやさしく背中を摩ってくれた。手にした白いハンカチで、涙をぬぐってくれるのはあやね。クールなはずののりかまでが、洋介につられて涙ぐんでいる。

「俺、維新堂と結婚します。しっかりとここを守って、絶対三人を幸せにします」

涙ながらに率直な思いを口にすると、三姉妹の表情は幸福そうに溶け崩れた。

2

おままごとのような三々九度の間中、あやねの掌は洋介の背中を撫でてくる。

のりかのしなやかな手指に太ももをくすぐられ、しおりはべったりと女体をなすりつけている。

空いた側のあやねの手指が、甘く頬を撫でてくる。滑らかでいて、しっとりした感触が、洋介の背筋にゾクゾクしたものを走らせた。

「うふふっ。洋介くん、もうここをこんなに堅くさせて……」

太ももを撫でていたのりかの指先が、強張りはじめた綿パンの形をなぞっていく。

小悪魔のような表情で、しおりにシャツの前ボタンをはずされる。

「だ、だって、三人とも、そんな恰好のまま挑発してくるから……」

「あら、すけべな洋介のことだから、この姿の私たちとエッチしたいんでしょう？」

しおりの湿り気を帯びたやわらかい声が、いつになく艶《なまめ》かしい。口角の上がった唇が、そのままかぷりと洋介の耳朶を甘噛みしてくる。

「あ……むうんっ！」

思わずあげた声に、あやねのぽってりとした唇が覆いかぶさった。

ほどなく侵入してきた舌が、大量の唾液を注ぎこむ。洋介は、喉を鳴らして呑みこんだ。あやねの唾液は、相変わらず甘かった。

「むふうっ！　ほうううっ！」

下腹部からの強烈な悦楽に、洋介は唇を塞がれたまま呻いた。

のりかの白魚のような手指が、ズボンのチャックを引き下げたかと思うと、引きずり出した肉塊に愛しげにキスの雨を降らせるのだ。

「ほらぁ、こんな大きくなってる……ちゅぴ……ぬちゅ……」

上目遣いに呟き、頬を染め、のりかは勃起に頬擦りをする。ぬめる美貌に構いもせず、洋介を口腔に埋めると、ず、ずうう、ぢゅるぢゅると、唾液の攪拌音を立てながらしゃぶりはじめる。

　やがてのりかは、リズミカルに洋介を口腔に誘う。全体を甘くやさしくしゃぶりながら、根元をしごくことも忘れない。人妻の手練手管に、たわいもなく洋介は追い詰められた。

「ああっ！　お姉ちゃんずるい!!　しおりだって、こうしちゃうんだから……」

　対抗心をあらわに、しおりが自らのドレスの肩ひもをずり下げ、瑞々しい美乳を惜しげもなく披露した。支えを失った乳房が、ぷるるんとやわらかく揺れる。その白桃を剝いたようなふくらみに、洋介の左手を捕まえ、そっと導いてくれた。

「洋介と何度もエッチをしたせいかなあ。おっぱいこんなに成長したの。ドレスがきついくらい。どうかしら、お姉ちゃんたちに負けてないでしょう？」

　恥じらいと誇らしさが入り混じった表情は、犯罪的なまでにかわいい。掌で踊る乳房の肌触りも、素晴らしかった。まさしく食べごろの桃のようだ。

「なにさ、洋介くんのすけべ……。しおりのおっぱいになんか反応して。おちん×んがブルンって跳ね上がったよっ！」

　負けじとのりかも乳房を晒す。その乳房は、以前よりも艶を増している。洋介を思い、肌に磨きをかけたのだろう。

「まだまだ、しおりに負けないんだから。どう、私のおっぱい、いいでしょう?」

猛りきった勃起が谷間に挟まれ、むにゅんとした感触にもみくちゃにされる。

「何さ、のりかお姉ちゃんは、重婚なのだから少しは遠慮しなさいよ」

「あら、三姉妹を嫁にする洋介くんだって、重婚は同じじゃない」

豊かな谷間から突き出した切っ先を、はむんとのりかは咥え込む。

「あうううっ……のりかさぁん!」

思わず歓喜の声をあげた唇を、またしてもぽってりと官能味あふれるあやねの朱唇に塞がれる。

「いいわ。あなたたちそうやって喧嘩してなさい。その間に、洋くんとわたしは、あつぅいキッスを……ふむうぅ」

「ほむううっ……。ふむんっ…あ、あやねさぁんっ!」

洋介の頬がふんわりとやさしい手に覆われ、くいっと上向きにされたかと思うと、そこに膝立ちしたあやねが、上から朱唇を押しつけるようにして口づけをするのだ。

さらには、空いている洋介の右手を、自らの太ももへと誘ってくれた。

ガーターベルトに彩られた熟ももは、まるで焼き立てのパンのようで、しっとりしていながらも、ふっくらやわらかだった。

（やばいっ……やばすぎる……頭のてっぺんからつま先まで、蜜に浸かっているみたい……全身が蕩けてしまいそうだ……）

三者三様の甘い誘惑に、クラクラと目の前が溶け崩れていく。しかも、三人共に互いを意識し、対抗心を燃やして奉仕してくれるため、こらえようにもこらえきれぬほどの快楽に押し流されてしまうのだ。

「ぶあ、あああ、もうダメですっ……。うあああっ……い、射精《い》っちゃいそうっ！」

まるで女の子が責められているような、情けない悲鳴をあげた。

「いいわよ……。射精《だ》してっ……今日は、洋介くんの精子、いっぱい欲しいの……。ぶちゅうるる……何度でも受け止めてあげるわっ」

のりかの手指が、ペニスの根元を強く握りしめ、口腔のスライドをぐちゅっぐちゅっと速めた。

「あうあああ……の、のりかぁっ！」

くぐもった喘ぎをあやねの口腔に響かせる。我慢しきれずに、洋介は体をモジモジくねらせた。

「うれしい、やっと呼び捨てにしてくれたのねっ……洋介くぅん！」

上向きにされたままの顔面に、ふにゅんとやわらかい物体が載せられた。

おそろしく滑らかで重いEカップが、いつの間にかローブデコルテのドレスから剝かれ、熟脂肪をゆんゆんと揺らしながら、洋介の目鼻口を覆い尽くすのだ。

「ほうふう……ぷはあっ……あ、あやねっ！　これじゃあ、お、溺れちゃうよ！」

「だって洋くん、わたしのおっぱいに埋もれるの好きよね？　いつもそうしてるわ」

「ああん、しおりのおっぱいも味わってぇ」

しおりまでもが、つるつるぷりぷりのふくらみを洋介の顔に押し付けてくる。

可愛い悋気に苛まれた姉妹に、おっぱいサンドイッチされ、のりかからは激しく勃起をしごかれる。洋介は、多幸感に浸りながら、たまらずにびゅっ、びゅっ、びゅびゅっと白濁液を肉の筒先から迸らせた。

3

「ねえ洋介、早くぅ……。しおりに挿入《い》れてぇ！」

「いやよだめっ。最初はのりかにして」

「お願い。あやねにください。洋くんが欲しいのぉ……」

ペニスの回復を待つ間中も、三人の乳房を好きなだけ渡り歩いた洋介は、ついに三姉妹の下半身を剝き、ソファーの背もたれに手を突かせ、後ろ向きに並べさせた。

女陰の品評会よろしく、色、つや、容《かたち》を見比べ、彼女たちの羞恥をたっぷりと煽っている。

楚々としていながらも熟れたザクロのようなあやねの媚肉は、やや下つき。人妻の艶《つや》やかさを体現したようなサーモンピンクののりかの女陰は、上つき気味。肉花びらが恥ずかしげにチロッとはみ出すしおりの秘部が、姉妹の中で一番中間だろうか。

姉妹でありながら、こうも異なる女体の神秘に、洋介の興味は尽きない。

「ああんもうっ！　洋介のスケベ!!　目尻がさがってるぅ……」

首だけを捻じ曲げこちらの様子を探るしおり。視線がぶつかると同時に、憎まれ口を叩くが、それも恥じらいの表れだろう。

「洋介くぅん……もういいでしょう？　はやくぅ……」

切れ長の瞳に秋波を載せて、目元で誘うのりか。相変わらずの美尻をぐいっと突き出し、視覚でも洋介を誘ってくる。

「ねえ。洋くん……。何だったら今度はあやねがお口でしてあげましょうか？」

おんならしく括《くび》れた腰を捻じ曲げ、洋介のペニスに手を伸ばそうとするあやね。肉付きの良い下半身が、最高に蠱惑的だ。

「ああん、あやねお姉ちゃんずるい！　だったら、しおりもっ!!」

あやねに触発され、目元まで上気させたしおりが、洋介の太ももにすがりつこうとする。負けじとのりかまでもが、力を取り戻しつつある肉塊に取りついた。

「ちょ、ちょい待ち……待ったぁっ！」

しおりの頭を抑え、腰を引かせてあやねとのりかからも逃れる。

「だって洋くん、まだ用意もできていない……」

うらめしそうなあやねの淫声。のりかはのりかで、なおもペニスを求めて手を伸ばしてくる。

「だぁめだってばっ！　こういうシチュエーションはじめてだから、ちょっと緊張気味でなかなか勃《た》たないけど、三人に中出ししたいんだ。だから……」

熱い想いを口にすると、その思念が自らの下腹部をも奮い立たせた。

「ああん、洋介くんが大きくなったわぁ！」

「うふふっ、そうそう。その逞しさが洋くんね」

「くすくすっ。やっぱり洋介にはスケベが似合う」

鎌首を持ち上げはじめた肉塊に安堵したのか、三姉妹は再びソファに手をつき、ハート形のお尻を突き出して、くなくなと左右に振りはじめた。

三人のヴァギナは、淫らに口を開閉し、内部のうねりを見せつけてくる。テラテラと濡れ光っているのは、洋介を迎える準備が整っている証拠だ。

「あん……よ、洋くぅん」

張りのある尻肉をねっとりと撫で上げると、それだけで急《せ》き立てられるような性衝動に駆られた。

「大切な初夜だから、思う存分花嫁を可愛がってください」

一番熟れたあやねの女陰に、ぬぷりと肉竿を埋め込むと、一気に最奥まで突き入れる。末妹にも負けないきつい締め付けが、すぐさま勃起の融解を促してくる。

「はぐぅっ、くふぅ……洋くん……ああ、いいっ……気持ちいいっ！」

すっかり洋介に染まった女体は、灼熱の肉塊を埋め込まれただけで、激しい肉悦にのたうちまわった。

「はううう……ああ、すごい……。ねえ、すごく、いいのっ」

間髪をいれずに抽送を送り込み、あっという間に絶頂の瀬戸際にまで追い詰めた。

「ひっっ！　うっくぅぅんんん！　よ、洋くんっ……」

ドッと汗を噴いてのけぞるあやね。さらに、ずんずんずんと、三度ばかり抜き挿《さ》ししてから、ぐりんと腰を捏ねるようにして完熟の肉壺を掻きまわす。

「ああ、洋介くん、のりかにもっ……。あそこが火照って待ちきれないわっ」

背中の方から手をまわしたのりかが、自らの花びらを左右から、ぐにゃりと捩るようにほころばせた。おんなの帳をぱっくりと開かせ、挿入をねだるのだ。

「あっ、あん、洋くぅん……。あやね、まだっ……」

引き止める美熟女を尻目に、のりかの美臀に取りつき、ぐちゅんと肉棒を捻り込む。ざらざらとした人妻の膣壁に、ぐんと射精衝動が高まった。

「ほうううっ、あぁぁ洋介くんが挿入《はい》ってくる……のりかの中にくるぅっ！」

官能を満たしてくれる肉塊に、安堵したかのようなのりかの吐息。切っ先でコンコンと子宮口を叩くと、「ほおおおお、いいっ！」と喘ぐ。

今度は、その人妻を置き去りにして、もじもじとやるせなくお尻を振っているしおりの女陰を、ずぶんと貫いた。

「ああっ……。うううううっ。洋介っ、ああ、ようすけぇっ！」

愛しい人を迎え入れ、誰よりも狭隘な肉壺がわなないた。瑞々しい肉襞が、甲斐甲斐しくまとわりつき、極上の悦楽へと導いてくれる。

いつしか洋介は、鶯《うぐいす》の谷渡りのように三姉妹の媚肉を愉しんでいた。

彼女たちのヴァギナの違いを、微に入り細をうがって体感するのだ。

「すごいよ。あやね。膣襞がまとわりついてくる。超気持ち良い……。うああ、のりかのおま×こ、やばいくらいザラザラに擦れちゃうよ……。ぐはああ、しおり、そんなに締め付けないで！」

いやらしくぬめる牝孔に、ずぶんと挿入しては誉めそやし、三擦りずつ抽送してはまた次の肉孔に渡る。

「のりかに……。のりかにちょうだい！」

「ああん、いやいや、次はしおりに……ねえ、洋介ぇ、しおりにぃっ」

なかなか回ってこない順番に焦れる淫肉を、洋介は手指でもあやしていく。左右の媚肉に手指を二本ずつ挿入し、派手にクチュクチュ言わせるのだ。

「くうんっ、あはあっ、はあ、あはん、あああぁ」

官能の高さをぐんぐん増して、恥悦まみれの恍惚に、おんなたちは堕ちていく。苦しげにソファーの背もたれにすがりつき、喜悦の歌を謳《うた》いあげる。

「もうだめっ。ああ、イクっ、しおりイクぅ……っ！」

奥深くを抉られたしおりが、二度三度と立て続けにアクメを迎えた。末妹の痴態に煽られたあやねも、悦びに堰《せき》を切られ、下腹部を奔放にくねらせている。

「ああ、だめ、気持ち良すぎて腰がくねっちゃう……。ああ、恥ずかしいわ……あやねもイキそうっ！　ああ、だめよっ、イクっ！」

姉と妹に後れを取ったのりかも、激しく腰を振りはじめ、なりふり構わず悦楽を貪っている。

「もっと、もっと激しく突いて……。ああ、イクっ……のりかもイクぅぅっ！」

美貌をガクガクとのけぞらせ、鮮烈な官能に四肢をおののかせる。

「もう射精《だ》すよ……あやねの膣内《なか》にっ！」

淫蕩な三姉妹の痴態に、たまらず洋介は射精を告げた。ぎゅっと菊座を引き絞り、発射準備を整える。

「洋くん、うれしいっ……。早く、早くあやねにください。またきちゃうの、あやねまたイキそう……。ねえ、とろとろの精子早くくださいぃっ！」

若牡の抽送にあわせ、艶かしく腰をひらめかせ、よがり狂うあやね。手指に浅い部分の急所を探り当てられ、びくんびくんと派手にのたうちまわるのりか。しおりに至っては、洋介に恥肉を嬲られながら、自らの手指で肉芽をいじりまわしている。

「あぁん、駄目っ！　のりかに……のりかの胎内《なか》でぇ」

「やぁんっ！　お願い……しおりにしてぇっ！」

恨めしそうな二人の媚肉を掻きむしりながら、ここぞとばかりにパシンと美尻に打ちつけ「うぐううっ」と断末魔の呻きを漏らした。

ドドドドッとペニスを駆けあがる熱い迸り。その瞬間、頭の中で閃光が爆《は》ぜた。全身の毛孔までぶわっと広げ、体液を放出させる。

ぶばっ、びゅっびゅびゅっ、どぴゅぴゅっ——。

横隔膜を力ませるたび、勃起の鈴口から夥しい白濁を放出した。

「あ、ああ、熱いっ……精子熱い……イクっ……熱い精子でイクぅううっ!!」

長女の淫らなアクメに、のりかとしおりも負けじとばかりに気をやった。

「きゃうっ……のりかもイッてる……ああいいっ、恥ずかしいほどイッてるぅ！」

「あ、あ、しおりもきちゃうっ！　あはあ、ああ、しおりもぉぉおおっ!!」

美人姉妹の派手なイキ様に見惚れながら、洋介は肉塊を引き抜いた。

官能の余韻にひたる三人の蕩けそうな顔。まさしくこの世のパラダイス。

「洋介くん、とっても気持ちよかったわ。でも、次は当然のりかでしょ？　のりかに射精《だ》してっ……」

放出したばかりのイチモツに、のりかの白魚のような手が伸びた。

「のりかお姉ちゃんずるいっ！　今度はし・お・り……でしょう？」

のりかの手中にある肉塊を、お口で迎えようとするしおり。

「うふふ、あなたたち、そんなに取り合いしないの……。スケベな洋くんの精力が、これ位で尽きるわけないのよ……」

一人おんなの満足に浸り、頬をツヤツヤさせたあやねが、こぼれんばかりの笑顔を向けてきた。

「そうですよ。ほら、この通り……。三人をお嫁さんにもらったのだから、いろんな意味で俺は強くなったのです！」

洋介が自らの肉竿をぞろりと撫でると、放出したばかりにもかかわらず、そこは鎌首を持ち上げる。

息づくように膨れる男根を、再びのりかの秘孔にあてがい、媚肉を押し広げた。くぷぷぷっと合わせ目から泡立つ粘液があふれる。亀頭を肉洞にしこたま擦りつけると、さざ波のような刺激が全身に広がる。

「あううう、すごいわっ……ああ、洋介くぅん」

ズンとペニスで突き上げると、子宮全体がわなないた。衝撃に、のりかの瞳が妖しくうるんでいく。景色が一瞬でピンク色に染まるような感覚に、ぽってりとした唇がパクパクと開け閉めされた。もはや、呻きすら漏らせないようだ。

「ひううっ、ああ、イッたばかりのあやねのおま×こまでなの……」

洋介の白濁を滴らせるあやねのヴァギナを、三本の指で掻き毟る。

「おおお、ねえ、しおりにも、ちょうだいっ、早く洋介のおち×ちんを……」

しおりの求めに応じて、肉朶のはざま、濡れた桃色をした膣孔に、自分の勃起を沈みこませる。抜け出るたびに、茎にぬめりは濃くなり、ますます快感も強くなっていく。抜き挿しのたび、可愛く淫らに歪むアナルも見ていて愉しい。

鮮やかな快感に溺れながら洋介は、この幸せがいつまでも続くことを祈った。

維新堂を守ることが、三人の花嫁を守ることにもつながる。この仕事が面白くなっている洋介だから、充実した毎日にこれからもなるだろう。

ふと、自分の手指を見ると、三姉妹の愛蜜に老人のそれのようにふやけていることに気がついた。

（爺さんになるまで、いや、爺さんになっても、俺が維新堂から出ていくことはない）

幸せな確信に、洋介は引き金を引くと、しおりの子宮奥に、ありったけの想いと共に白濁をまき散らした。


（了）

※本作品はフィクションです。作品内に登場する
団体、人物、地域等は実在のものとは関係ありません。

※本書は2013年3月に小社より刊行された
『めくって濡らして』を一部修正した新装版です。

長編官能小説

めくって濡《ぬ》らして〈新装版〉

2022年8月15日初版第一刷発行

著者……………………………………………北條拓人

デザイン………………………………………小林厚二

発行人…………………………………………後藤明信

発行所……………………………………株式会社竹書房

〒102-0075 東京都千代田区三番町8-1

三番町東急ビル6F

email：info@takeshobo.co.jp

竹書房ホームページ http://www.takeshobo.co.jp

印刷所…………………………………中央精版印刷株式会社

■定価はカバーに表示してあります。

■落丁・乱丁があった場合は、furyo@takeshobo.co.jp までメールにて
お問い合わせください。